RÉVEILLON

e outros

DIAS

****

Boa leitura!

Rafael Gallo

RÉVEILLON *e outros* DIAS

****

2ª edição

EDITORA RECORD
RIO DE JANEIRO • SÃO PAULO
2023

CIP-BRASIL. CATALOGAÇÃO NA FONTE
SINDICATO NACIONAL DOS EDITORES DE LIVROS, RJ

Gallo, Rafael
G162r Réveillon e outros dias / Rafael Gallo. – 2ª ed. – Rio de Janeiro:
2ª ed. Record, 2023.

ISBN 978-85-01-09987-7

1. Conto brasileiro. I. Título.

12-2962 CDD: 869.93
CDU: 821.134.3(81)-3

Capa: Diana Cordeiro

Editoração eletrônica: Abreu's System

Texto revisado segundo o Acordo Ortográfico da Língua Portuguesa de 1990.

Impresso no Brasil

ISBN 978-85-01-09987-7

Seja um leitor preferencial Record.
Cadastre-se no site www.record.com.br e receba
informações sobre nossos lançamentos e nossas promoções.

Atendimento e venda direta ao leitor:
sac@record.com.br

Agradecimentos

A minha família,
a Adriana Serrano,
a Débora Mei
ao Prêmio SESC de Literatura
e à Editora Record.

Para Lilian, a cada um dos dias.

"Que não nos venham contar histórias. Que não nos venham dizer, sobre o condenado à morte: 'Vai pagar sua dívida com a sociedade,' e sim: 'Vão cortar-lhe o pescoço.'

Isso não parece nada. Mas faz uma pequena diferença. E, depois, há gente que prefere olhar seu destino nos olhos."

(Albert Camus)

Sumário

Réveillon

A contagem regressiva era gritada por todos na festa, menos por ele e seu filho, que observava, a certa distância, a sucessão dos números decrescentes representados em suas velhas mãos trêmulas. Por meio da linguagem de sinais, o pai tentava participá-lo do ritual coletivo, sem notar que o jovem não necessitava daquele código para compreender com precisão o que se passava a seu redor, apenas o acompanhava com bastante zelo para que o pai também comungasse da celebração. A tradução, no entanto, foi quebrada pela insurreição do próprio evento que tentava espelhar: um grupo de primos entusiasmados cercou o rapaz aos gritos, empurrões e pulos de comemoração, acobertando-o. Ele só conseguiu desvencilhar-se parcialmente do abraço alvoroçado e voltar os olhos para o pai no último segundo contado antes da virada. Como um homem extraviado do tempo, o velho se encontrava suspenso, portando em sua mão erguida um abandonado "três" a envergar-se lentamente, fenecendo em seus dedos. O grito de "Feliz ano-novo" estourou aos rojões, mas tanto o filho quanto o pai pareciam alheios ao arroubo; um, imune aos sons, percebia apenas o embotamento do outro, que por sua vez agora parecia imune a qualquer passagem do tempo. O jovem entendeu nos sinais do pai seu sofrimento: além da comunicação momentânea, estava se rompendo outra das poucas linhas que ainda o atavam à vida. Os surdos conseguem ler os lábios mesmo quando eles estão cerrados.

Deixando o centro da comemoração, o filho caminhou até o pai e o abraçou; encostou, então, uma das mãos ao seu peito e, utilizando uma técnica desenvolvida por eles anos antes, soletrou "Feliz ano-novo", como se digitasse no tronco do velho cada um dos sinais. O método fora criado justamente para momentos como esse, possibilitando que se comunicassem verbalmente sem precisar interromper o contato físico, que tivessem o privilégio de poder dizer algo enquanto mantinham os rostos unidos. O uso da Libras foi aprendido pela família por causa da surdez do garoto, mas em face das dificuldades do pai em memorizar todos os novos signos e estruturas gramaticais, os dois decidiram desprezar, entre ambos, o uso das expressões e palavras prontas, sempre as engendrando letra por letra. Apenas algumas abreviações e omissões eram utilizadas ocasionalmente, o que ajudou a criar um coloquialismo próprio, um dialeto da família. Essa forma de comunicação era um pouco mais lenta e complicada, mas facilitava a um senhor a assimilação de uma nova linguagem. "Vou sentir sua falta", o pai respondeu, carimbando sobre o peito do jovem. A reciprocidade do sentimento foi confirmada em outro código: o filho se afastou um pouco e colocou a mão aberta sobre o próprio peito enquanto meneava a cabeça positivamente. Mesmo comovido pela declaração, o velho teve a impressão de que os sentimentos, apesar de receberem o mesmo nome por todos, provavelmente são tão distintos em cada pessoa quanto quaisquer outros traços; a saudade de um e de outro poderia ser tão diferente entre si quanto o gosto que cada um sente ao morder uma maçã. A dor precoce da incompletude, causada pela iminente mudança do filho para outro país, parecia ser muito mais grave no velho, que jamais conseguiria optar pela separação como o jovem fazia. O laço entre os dois seria atravessado por um oceano. A cessão dos cuidados e acompanhamento constantes representava não somente o distanciamento de seu filho, mas também a perda de um dos últimos papéis que lhe restara: ele sentiria falta de ser um pai. O rapaz talvez não visse em sua recolocação na cadeia familiar uma perda tão aflitiva; o avanço tem gostos completamente diferentes na juventude e na velhice.

Conduzidos pelo mais jovem, os dois se encaminharam a uma das mesas, onde o filho acomodou o velho em uma cadeira e retirou-se, sinalizando que voltaria em breve. Sentado diante de um prato vazio, ele se percebeu solitário; cercado por estranhos, de certa forma. Sabia o nome da maioria dos presentes ali, distinguia seus rostos e os vínculos na família, mas era só isso. Identificar neles apenas essas características extrínsecas — que não se alteravam e tampouco dependiam da vontade de cada um, ou seja, as que não interessavam — criava um distanciamento ainda maior do que o relativo a um completo desconhecido, a quem ao menos se pode perguntar como se chama, para iniciar um diálogo. Sem saber o que fazer ou dizer, o velho, calado, apenas acompanhava ao largo trechos das conversas alheias, cujos conteúdos pareciam pertencer a uma outra era, um outro mundo. O que ele poderia acrescentar àqueles assuntos? Nada — o cotidiano dessas pessoas era formado por experiências tão distantes dele quanto uma viagem de avião para um faraó. Como pudera participar de tantas festas como esta, sem nunca sentir este incômodo? Olhou para a cadeira vazia a seu lado e compreendeu.

Era a sua primeira participação em algum evento social sem a esposa, o primeiro contato direto com outras pessoas desprovido do amparo dela. Antes desta festa de Réveillon, a última reunião familiar fora justamente em seu velório e enterro, solenidades nas quais — apesar de morta — ela estava ali. Seu corpo, já um monumento apenas, invocava as atenções; os pêsames manifestados e as histórias rememoradas preenchiam as interações pessoais sem nenhum esforço. O próprio luto, subsequente, proporcionara ao viúvo uma espécie de ocupação: substituíra, entre as tarefas domésticas, os cuidados com a esposa pelos pesares à sua partida. Se o fantasma dela retornasse algum dia, perguntando de forma corriqueira "O que você fez hoje?", provavelmente ele responderia: "Olhei pro teu retrato." Mas agora, meses após o falecimento, ninguém a mencionaria gratuitamente — sobretudo em uma celebração de recomeço —, e fazê-lo, ele sabia, seria um recurso vazio e infrutífero. A própria ausência da mulher, antes tão sólida quanto a face oposta de sua presença, parecia estar se desfazendo. Como um lençol branco removido, a falta dela finalmente cedia lugar ao aparecimento de cadeiras, dias e laços desocupados.

Diante do imenso vão revelado, ele olhou ao redor, buscando algo que o confortasse, ou ao menos que o distraísse um pouco — o filho, talvez —, e deparou-se, através da porta de vidro, com aquele outro senhor idoso, solitário no sofá da sala: seu primo, o último parente contemporâneo ainda vivo. Apesar de terem crescido juntos e das muitas experiências comuns, as contingências da vida desmancharam pouco a pouco sua convivência: de meninos brincando juntos pelas ruas de terra, passaram a moços combinando os passos de dança nos bailes, depois maridos e pais centrados em seus próprios núcleos familiares e então... dois idosos perdidos de si mesmos? Agora que tudo o mais passara, talvez pudessem retomar o fio de sua história, restaurar os quadros de suas próprias vidas. Após um pedido de licença que ninguém na mesa pareceu escutar, ele caminhou até o primo e sentou-se a seu lado.

Ao vê-lo de perto, sentiu um pequeno mal-estar. Pensou que o afastamento mútuo não ocorrera apenas pelas transformações nas circunstâncias familiares de cada um, talvez tivesse sido também uma esquiva de testemunhar um no outro a sordidez do tempo. O primo, ao seu lado, não podia mais ser reconhecido; sua imagem, calada, não mais contava quem ele era: seus fartos cabelos negros haviam sido empalidecidos e desfeitos, o sorriso cativante estava enterrado sob um rosto desmoronado e os músculos que o moveram em tantas brincadeiras e coreografias comuns estavam em farrapos. Vergado pelo tempo, aquele homem se tornara um completo estrangeiro a seus olhos; apenas as lembranças poderiam ainda atestar a existência do belo moço que o acompanhara em tantas vivências e que agora se encontrava eclipsado por um corpo desgastado, uma pele craquelada. Restava saber se, tão distante de seu desenho original, ao menos compartilharia de sua revolta contra esse exílio pessoal a que os anos os submetiam cada vez mais. Ele tentou descobrir, de forma singela:

— Você lembra quando a gente veio pra esta cidade? A gente vinha colhendo amoras pelo caminho... — Pronunciada em voz alta, a lembrança pareceu exercer um poder ainda maior sobre ele: sua pele se aqueceu sob um sol amarelo e distante, e o suco escuro dos frutos remotos pareceu voltar a respingar nos cantos de seu paladar... Ele, então, voltou os olhos para o primo, que apenas meneava a cabeça enfraquecidamente. A nítida falta de comoção do companheiro de viagem o fez calar-se, desesperançado. O outro não ansiava também por uma retomada de sua individualidade? De sua marca no mundo? O silêncio foi interrompido pelo primo apenas um tempo depois, quando ele, apontando seu frágil braço para a mesa ao centro, perguntou com uma irreconhecível voz rala:

— Você viu que saleiro diferente?

Não havia realmente saída. Mesmo quem havia partilhado de suas experiências, quem ainda poderia portar grande parte delas e reacendê-las, estava completamente deteriorado. O corpo arruinado, o laço desfeito, a memória desbotada... aquele homem a seu lado não possuía mais nada que o vinculasse à sua própria história, que a demarcasse. Nem mesmo parecia sentir saudades de si mesmo. Fazia diferença como tinha vivido? Ou isso era tão relevante quanto... A vida é tão estúpida quanto um saleiro?! Talvez seja até mais insignificante, dado que o objeto permanece sólido ali, que ao menos causa alguma reação no primo.

A festa prosseguia indiferente aos dois anciães no sofá e a qualquer sentimento deles. Ele então vislumbrou como as outras pessoas provavelmente o percebiam no momento: não era mais um indivíduo com suas idiossincrasias e seus atrativos, era apenas um idoso, uma categoria. Uma raça de homens neutralizados; destituídos de singularidade, utilidade ou fascínio. O que é um homem incapaz de fascinar os outros? O que fora feito desses dois primos? Tornaram-se simples detritos presos às margens do rio do tempo, cujo fluxo apenas passava por eles, sem levá-los a lugar algum. Somente a morte poderia removê-los dessa condição. A festa prosseguia.

Ele se levantou, transtornado, e foi procurar o filho. Ao encontrá-lo, sinalizou que queria ir embora imediatamente. O jovem, mesmo um pouco decepcionado por deixar a festa tão cedo, concordou em acompanhá-lo;

além de perceber a inquietação do pai, queria se despedir apropriadamente, afinal partiria na manhã seguinte. Chamaram um táxi para levá-los. Durante o trajeto, o velho, indisposto, pensava na inutilidade de tantos Réveillons; de tantas comemorações pelo câmbio dos anos, que, no fim, representavam apenas uma soma de dias descartados em uma pilha de esquecimento cada vez maior. Pensava na inutilidade de toda a árvore genealógica e seus ramos cada vez mais distantes entre si; em tantos membros da família que ainda existiriam sem saber nada sobre ele, e em tantos outros que também haviam falecido sem seu conhecimento. Olhou para seu rosto enrugado refletido no espelho retrovisor e nele enxergou apenas a casca de um fruto seco, prestes a cair em vão.

Chegaram em casa. Dispensaram o taxista e entraram pela porta da frente. Na sala, os móveis intocados desde o falecimento da mulher pareciam aguardar seu retorno; no entanto, o morador remanescente desacreditava definitivamente, agora, que isso pudesse ocorrer. Observara de perto a destruição irremediável das coisas, seja após a morte ou mesmo antes dela. E de que valeria uma ressurreição, afinal de contas? Foram os dois para a cozinha, onde o velho, sentindo-se esvaziado de todas as suas atribuições e seus significados, sinalizou para o filho: "Acho que cheguei ao meu fim." O rapaz se consternou; sabia que parte dessa sensação autoapocalíptica estava relacionada com a sua partida. "Não acho que é seu fim, mas entendo. Se for, quero dizer que fico feliz que você tenha chegado até aqui."

Tentou alegrá-lo ternamente; compreendia um pouco da angústia do pai e sabia que não havia muito a fazer, não podia compensá-lo por todas as perdas. "Você fala isso porque não é com você." O velho estava mesmo irritadiço. "Espero que minha vez, assim como a sua, chegue só no fim de tudo." "Não me sobrou nada", ele constatou demoradamente, com mais tristeza do que ira. "É porque, felizmente, tudo foi consumado." As declarações do filho não pareciam servir de grande consolo, o estado melancólico do pai apenas mudou de direção: "Eu queria que você pudesse ouvir." "Nenhum filho ouve o pai." Gracejando, o jovem tentou consolá-lo novamente, igualando-o a todos. Diante de seu silêncio prostrado, prosseguiu: "Às vezes, eu é que gostaria que você fosse surdo também." "Por quê?" O velho finalmente pareceu movido. "Porque te ensinaria muitas coisas. Não deixaria as falas te distraírem da linguagem mais profunda do mundo." "Que é qual?" "Não sei ela toda, mas minha vontade de que você fosse surdo acaba quando te vejo conversando comigo pelos sinais; creio que tem a ver com isso." "Não entendi." "Nós dois sempre nos comunicamos como ninguém; sempre tivemos um idioma que falava por intermédio de tudo: de nossas mãos, olhares, palavras, todo o corpo. Todos os nossos gestos tinham o mesmo valor, e acho que isso nos fez compreender um ao outro quase inteiramente." O pai o interrompeu: "Você acha que uma pessoa pode compreender a outra quase inteiramente?" "Não sei. Só compreendi que você ser surdo, ou não, não fez diferença. O fato de você aprender os sinais me mostrou amor e me deu proximidade. Você viveu de um jeito mais difícil pra que eu vivesse de um jeito melhor." O velho ficou sem mover as mãos por um momento, o que também era uma forma de silêncio. O filho continuou: "Eu nunca vou esquecer quando você me mostrou a primeira palavra que aprendeu em sinais: 'amor'. Você fazia letra por letra, e eu acompanhava os seus gestos transcrevendo aos poucos uma palavra já pronta em mim." O pai, enfim, abriu um pequeno sorriso, encantado pela lembrança. O outro prosseguiu: "Nesse dia, você me ensinou mesmo o amor. Amor não era o desenho do gesto, era o gesto por trás do desenho." "Você me culpa por não aprender do jeito certo?" "Você aprendeu os sinais pra conversar comigo, eu aprendi a usá-los letra por letra pra conversar com você." "'Amor' é só uma mão no coração, não é?" "Amor é ter aprendido o idioma um do outro; criar o nosso." O silêncio imóvel do velho foi ainda mais extenso; a emoção benfazeja também o assustava, pelo sofrimento de poder perdê-la depois. "Eu tenho saudades disso, de ser pai. De tudo que passamos e acabou." "Não acabou. A lembrança é uma forma de existência." "Eu sei. O que me deixa triste é tudo isso ter passado." "Ter passado isso é justo o que construiu minha felicidade." "Acho que 'passar' tem significados diferentes pra mim e pra você." "Talvez... Então é o caso típico em que um nome atrapalha. Se não ouvisse a palavra, você saberia o que é passar; o que fica atrás da palavra e ela esconde." "Você é o melhor filho que eu podia ter." "Por ser filho seu." "Eu..." — A frase se interrompeu, enrijecida na mão do velho. O que acontecera? Era como se um cabo rompesse dentro de si. Seu corpo, desativado repentinamente, desmoronou sobre o chão. O filho, assustado, correu em sua direção. "Você está bem?" O desfalecido respondeu negativamente, apenas movimentando a cabeça. "O que você tá sentindo?", o jovem soletrou rapidamente. Convalescente, ele respondeu com mãos epilépticas: "Estou surdo." "O quê?" "Não ouço. Só..." Tentou pronunciar alguma coisa, para ver se conseguia escutar ao menos o som da própria voz dentro do crânio, mas as cordas vocais eram um poço seco. "Eu vou chamar alguém." "Não; fica...", o pai suplicou, percebendo que suas palavras estavam se esgotando. Sua visão, como se ofuscada por uma luz inédita, tornou-se cada vez mais branca. Praticamente cego, não conseguia mais enxergar os gestos do filho; percebia apenas um som grave e profundo, que logo compreendeu ser o de seu próprio sangue fluindo lentamente pelo corpo. Ainda tentou esboçar alguns gestos, deixar uma última mensagem para o filho, mas, além dos sentidos, parecia estar perdendo também parte da cognição. Suas mãos se moviam com dificuldade e, entorpecidas como em um sonho, flutuavam entre "amor" e "passar". O filho, então, o abraçou com força e digitou vigorosamente sobre seu peito. O corpo do velho, no entanto, já não transmitia mais os sinais.

Subitamente ele compreendeu. Ao receber os toques de uma palavra cujo significado não se formava, ele entrou em contato direto com o gesto por trás do desenho, o fundo por trás da palavra. Acessava, provavelmente, o que o filho definira como a linguagem mais profunda do mundo. O idioma que, liberto das cercanias das palavras, se define apenas por ele mesmo e seus nomes impronunciáveis. Entendeu o que era "amor" e o que era "passar". Nos braços do filho, vislumbrou suas últimas linhas da vida sendo desatadas com delicadeza e sentiu que poderia estar se libertando para uma existência mais plena. Haveria, ao contrário do que imaginara, um espírito em seu interior, pronto para o Réveillon definitivo? Sentiu algo se esvaindo de si; algo que era, com certeza, a última pétala a cair de seu invólucro carnal. Uma lágrima se soltou de seu olho.

A pequena gota foi a responsável pelo último contato entre ele e o filho, que colou seu rosto ao dele. O jovem nunca vira o pai chorar, e aquela manifestação foi o elo derradeiro e mais tocante entre os dois; a compreensão mútua alcançada apenas no limiar da vida, por dois seres humanos extremamente semelhantes. O corpo do velho entrou em um silêncio interior profundo e definitivo. Era o fim. Se pudesse ainda dizer alguma coisa, provavelmente gesticularia para o filho que aquele momento era o melhor "passar" de sua história; estava feliz que seu fim fosse esse. Provavelmente, o filho pôde compreender parte de sua paz, o que era uma redenção para ambos. Uma lágrima é mais útil a um homem do que uma alma.

Não mais despertaria, e era melhor que fosse assim. Desvendou, exatamente no mesmo momento, o que é a vida e o que é a morte.

Os olhos castanhos de Sinatra

"15 de maio de 1998" — Via-se, multiplicado por todos os cantos onde ele pousava os olhos. Deparar-se com esse cenário, onde a data estava presente em quase tudo ao seu redor, tocou-lhe como uma deslumbrante representação de sua vida. Hoje, cada vez mais distante cronologicamente desse dia, Eduardo se sente, contudo, ainda envolto por ele; sua denominação, bem como os acontecimentos que o preencheram, sempre cercaram grande parte de seu mundo adulto. Assim como nesses cartazes, fôlderes e afins espalhados, o tal momento também estava marcado sobre muitas das coisas que formavam a existência desse homem; era o ancestral comum de seus outros dias, que muitas vezes pareciam simples desdobramentos dele. Inclusive, sempre lhe fascinara o fato de, desde o princípio, a data ser uma dobra, marcada por um acontecimento célebre mundialmente: a morte de Frank Sinatra. Embora para o notório falecido e para a história oficial não tenha havido ambiguidade nenhuma — ele claramente partira no dia 14 de maio de 1998 —, para Eduardo, assim como para os outros brasileiros, tratava-se já do dia 15 quando aconteceu: diferença existente em função dos fusos horários e de um óbito tão próximo à meia-noite, a chamada zero hora — divisora dos dias dos calendários, mas não dos das pessoas. Evidentemente, é impossível alguém — mesmo Frank Sinatra — morrer em dois momentos diferentes, o que prova mais uma vez que os nomes dados às coisas e aos dias não significam muito. Essa perspectiva fora um grande achado de Eduardo anos atrás, um jeito de chamar atenção para seu famoso artigo de jornal a respeito de um dos aniversários da morte do cantor. Publicado, obviamente, em um 14 de maio, o aparente erro no título o destacou entre os tantos textos acerca do acontecimento. A tocante história narrada, sobre o que o tal dia representara na vida pessoal do autor, foi a chave definitiva para o sucesso da empreitada. Agora, a data intitulava também seu primeiro livro — apoiado no artigo de mesmo nome.

O lançamento do livro estava prestes a começar, por isso a livraria do shopping se encontrava tomada por reproduções da capa e do título da obra. O dia, sobre o qual tivera tanto esmero e, acima de tudo, tanto rememorar, ganhava força: parecia estar mais vivo do que quando de fato ocorreu e, inclusive, mais vivo do que o próprio dia de hoje — um outro 15 de maio. A paridade da data ajudou a proporcionar a esta tarde uma maior notoriedade; seu editor planejara bem.

No momento destacado — em 1998 — ele provavelmente tinha dificuldade até de dizer em que mês estava. Era um garoto dispersivo, e a histórica data, a princípio, não significava nada de mais para ele. Como a grande maioria dos adolescentes da época, não se importava muito com Frank Sinatra. Recebeu a notícia de seu falecimento como se lhe dissessem: "Morreu um ex-presidente chinês."

Após uma esquecível manhã na escola, foi para a loja de CDs em que trabalhava. Nesses tempos, elas eram bastante movimentadas; para alguns consumidores, uma visita a esse tipo de estabelecimento era um verdadeiro passeio: um dos poucos lugares onde um adulto podia sentir algo próximo à empolgação de uma criança dentro de uma loja de brinquedos. Já no fim da tarde, quase na hora do fechamento da loja, aconteceu: o dia se tornou o que viria a ser para sempre. Era sexta-feira, e ele estava ansioso para encerrar o expediente; levantou-se da cadeira onde se encontrava para preparar sua saída: colocou as tampas nas canetas, empilhou os papéis, mexeu desnecessariamente nisso e naquilo — só para ter a sensação de que movia com as mãos o próprio tempo. Em meio a esse ritual, adentrou na loja um senhor de ralos cabelos brancos, trajando uma camisa azul-clara, uma gravata-borboleta vermelha e um paletó marrom. Poucas coisas irritavam tanto o garoto quanto um cliente surgir tão perto do término de seu cativeiro, prolongando-o mais um pouco. "Velho, então...", pensou, "vai passear meia hora pela loja, perguntar daquelas coisas cafonas, contar umas histórias e ir embora sem comprar nada." No entanto, o senhor foi bastante direto:

— Olá, jovem... você tem alguma coisa do Sinatra?

"Ah, eu devia saber... hoje tem mais essa, ainda... até que demorou!", raciocinou, percebendo ter se esquecido do acontecimento. Respondeu, bastante moroso:

— Um momento, senhor.

Caminhou em direção à estante denominada "Cantores Internacionais" e, enquanto mascava chiclete e tédio, folheou os CDs da plaqueta "F" com dedos bem mais rápidos do que seu pensamento reticente tentaria acompanhar. Só percebeu ter alcançado os álbuns de Frank depois que o dedilhar ágil já havia derrubado dois deles para trás. Indisposto, simplesmente pegou o terceiro da fila e entregou-o ao cliente.

— Só tem este, filho?

— Só.

— Hmmm... — O senhor observou aquela caixinha com certa desconfiança; era de fato uma dessas coleções duvidosas. O jovem Eduardo, ignorando a iminência do evento que transformará sua vida, apenas torcia para o velho dizer logo se comprava o CD ou não e encerrar esse episódio. Estava decidido a fechar a loja rapidamente assim que o cliente fosse embora; queria evitar outros fãs saudosos de Frank Sinatra. Aliás, tinha a sensação de que poderia surgir uma multidão deles invadindo o estabelecimento — se tivéssemos pesadelos acordados, este seria o dele agora.

— Posso abrir pra ver...?

O atendente hesitou um instante, mas decidiu, sem saber por quê, ser permissivo com o idoso:

— Pode.

O homem removeu o plástico que embrulhava a caixinha, retirou o encarte de seu interior e o examinou, lendo tudo atentamente. Nessa época, Eduardo achava que ninguém dava atenção àquelas informações; hoje, um prestigiado crítico musical, provavelmente as sabe de cor: quais gravações eram aquelas, quem tocou, quem escreveu o arranjo etc.

— Será que a gente podia colocar pra tocar? Posso ouvir? — perguntou o homem gentilmente.

— Pode. — O jovem pegou o disco da mão do cliente e carregou-o até o aparelho de som da loja. A contragosto, tirou o CD que escutava e inseriu o outro na bandeja. Apertou o "play" e encostou-se ao balcão, desejando apenas que aquilo terminasse logo. Deveria ter mentido, dito que a loja não permitia tocar CDs sem comprá-los, pensou tardiamente — isso teria espantado o velho. A vida é mesmo por um triz.

Quando a música começou, o senhor lhe sorriu com sua mansa satisfação de idoso. Ele retribuiu com uma falsidade desengonçada e, após o cliente desviar o olhar, colocou a língua para fora, simulando vomitar a orquestra que lhe entrava pelos ouvidos. Surgiu a voz de Sinatra: *"A cigarette... that bears... a lipstick's traces..."*. O senhor sorriu novamente, mas dessa vez para si mesmo — para seu próprio universo, sua própria história. O garoto, intocado, apenas pensou: "É só o cara morrer que já transformam ele num..."

Ela apareceu.

Ela. Ela. Ela...

Entrou lentamente na loja; lentamente no dia. Inclinou o rosto para o garoto, como se pedisse licença para entrar em sua vida. Os olhos dela, subitamente, penetraram nos seus. Penetraram em seu coração, sua espinha e em todos os seus poros: foi a primeira vez que ele sentiu as fibras abertas de sua própria pele. Ela também cumprimentou o senhor, que retribuiu com o gesto ancestral de inclinar-se, tirando-lhe um chapéu inexistente. O velho perguntou carinhosamente, apontando em direção à fonte sonora:

— Gosta?

— É linda... — Para não atrapalhar a canção, ela respondeu apenas movendo os lábios.

Apenas movendo os lábios... É em silêncio que se alcança outra existência: o mundo em outra velocidade — como numa embriaguez, como no Cinema. A vida só não é como um filme porque não é sempre que, como agora, música e cena se casam. Eduardo se aproximou um pouco mais, atraído por aqueles olhos castanhos — os maiores já vistos por ele, os mais belos. Não poderia prever que no futuro escreveria sobre esses olhos em um livro, mas já tinha certeza de que sempre se lembraria deles.

Frank se calou; os olhos castanhos se fecharam. A nota aguda mantida pelos violinos roubou o ar do garoto. A menina, por sua vez, suspirou como se sorvesse a respiração de dentro dele. Quando a orquestra entrou em *tutti*, ela abriu os olhos novamente — dessa vez, lacrimejantes. "Lacrimejante é uma palavra bonita... brilha feito seu significado", ele pensou enquanto escrevia essa mesma passagem em suas memórias, narrando o encontro anos depois. Os olhos dela... Os olhos dela... Nem mesmo o adulto hábil com palavras que se tornara soube descrevê-los bem. Eram como âmbar, como favos encharcados de mel, como pequenas galáxias, ou... — sentia-se, ao tentar traduzi-los, um adolescente atrapalhado. O mesmo que, naquele dia, seria capaz apenas de descrever a emoção suscitada pela garota como a sensação de que em seu sangue subia o gás de um refrigerante quente.

Assim que a canção terminou, a jovem foi embora. Antes de deixar a loja, ainda virou-se para ele, fazendo-o sentir-se encarado pelos olhos de sua própria vida. O que aconteceu logo após sua partida ele não lembra; é como se ela tivesse levado consigo todo o resto do dia em sua memória. Talvez aquele senhor não tenha comprado o CD afinal, ou algum daqueles outros álbuns — escamoteados pelo preguiçoso atendente — contivesse a mesma gravação, pois ele se recorda com nitidez de ouvi-la repetidamente nos dias seguintes ao encontro. Hoje em dia, ri desse fato, e é uma piada constante sua que quem inventou o botão "repeat" dos aparelhos de som provavelmente era um apaixonado colaborando com muitos outros no mesmo estado. A execução constante da canção, além de embalar seus sentimentos na época, servia como um chamado — uma tentativa de atrair a garota de novo, uma isca lançada no ar.

Nunca mais a viu, porém.

Não a conheceu, não viveu a seu lado — como fantasiara várias vezes sentado naquela loja — nem soube seu nome ou qualquer outra informação. No entanto, ela fora a gênese do homem que se tornaria: semeou nele o gosto por aquela música, que, a partir dessa apreciação, desenvolveu lentamente o interesse e a pesquisa. Do conhecimento adquirido subsequentemente surgiu a oportunidade de trabalhar com crítica musical, e o grande salto de sua carreira ocorrera justamente ao publicar o famoso artigo intitulado "15 de maio de 1998" — em que narrava o encontro com aquela garota no dia da morte de Sinatra e como ela semeou nele o gosto por aquela música, que, a partir desta apreciação, desenvolveu lentamente o interesse e a pesquisa etc. etc. Não passara mais nenhum segundo ao lado daquela menina dos olhos castanhos, mas cada um de seus dias era constituído pelo destino ao qual ela o direcionou; pela vida que ela, sem saber, lhe proporcionou. Ele sempre pensava nisso tudo e se lembrava dela com gratidão. Isso poderia ser chamado de amor? Nunca se perguntou; mesmo porque não foi um eterno apaixonado por ela — pelo menos, não no sentido romântico tradicional. Esse intenso carinho era pela garota ou simplesmente pelo acontecimento? Poderia sentir tanta afeição por alguém com quem não trocara uma palavra sequer? Por alguém que só havia... como poderia chamar aquilo? Ela havia feito "nada" e "tudo" por ele. Muitas vezes ele se flagrava pensando que toda sua vida se definira em um lance tão... tênue, talvez? Todo o seu destino dependera daquela garota desconhecida? A vida é muito tênue.

E se tivesse fechado a loja um pouco mais cedo naquela sexta-feira? Com frequência o fazia. Se tivesse dito àquele senhor que não era permitido abrir os CDs?

Também fazia isso sempre, para afugentar clientes indesejados — aliás, por que não o fizera justamente naquela ocasião? E se aquela garota não passasse em frente da loja naquele exato momento, quando a canção se propagava, mas alguns minutos antes ou depois? E se... Toda a vida dela! Era preciso que toda a vida dela a tivesse colocado ali... que a tivesse feito gostar daquela canção. Obviamente, também era imprescindível que o distante Eric Maschwitz tivesse se separado de sua Anna May Wong mais de sessenta anos antes e, doído de amores, escrevesse a letra que Jack Strachey musicaria num domingo qualquer. E se Frank Sinatra não tivesse gravado a canção?! Era preciso tanta coisa... se qualquer uma delas tivesse sido de outro jeito... como seria sua vida, então? Completamente diferente? Talvez estivesse trabalhando naquela loja ainda, ou em qualquer outra... Dificilmente teria trilhado — ou mesmo escolhido — por sua própria conta o caminho que o trouxera até aqui hoje, ao lançamento de seu livro. Nele, tentou justamente escrever um capítulo sobre essa... essas redes de eventos, ao mesmo tempo tão fechadas e tão frágeis. A essa questão de a grandiosidade de uma vida inteira poder ser definida por acontecimentos tão sutis, tão casuais — ligados, ou não, entre si. Existe sempre uma conexão anterior entre os eventos ou as pessoas as demarcam posteriormente? Ele se perguntava se existe algum tipo de predestinação. Como saber se nosso destino é revelado através dessas pequenas eventualidades, ou se são justamente elas que, entre uma teia infindável de possibilidades, o configuram aleatoriamente? Vivendo uma só vida, tal qual nos acontece, nunca teremos outras para comparar, para comprovar uma hipótese ou a outra. Talvez não devêssemos nos surpreender tanto com as poucas combinações de improbabilidades que nos acontecem — atribuindo-lhes o status de caminho certo e infalível —, afinal, a própria linha da existência é um filtro, permitindo-nos avaliar apenas as conexões eventuais bem-sucedidas. O que é uma grande coincidência, se ela não acontece? Que significado têm as coisas que não existem? Talvez esses eventos, aparentemente tão correlacionados, só sejam percebidos dessa maneira porque, em meio a uma infinita rede de possibilidades, atentemos posteriormente a determinados fios. Assim como podemos enxergar o desenho de uma constelação se brincamos de ligar os pontos com as incontáveis estrelas no céu, selecionando-as conforme nossa vontade. Ele tentava explicar, mas era muito difícil colocar isso tudo em palavras — não era um filósofo.

Quando a sessão de autógrafos terminou, ele saiu para fumar na porta do shopping. Em uma tarde como esta — imersa em livros, cartazes e conversas acerca do dia do encontro e suas reverberações —, suas emoções estão, como era de se esperar, fortemente sintonizadas com o tal momento. Além disso, em circunstâncias de êxito profissional, a alegria pelo próprio sucesso era sempre acompanhada por aquela singular nostalgia pela garota de olhos castanhos — feito uma espécie de dívida moral ou saudade órfã que projetasse sua sombra sobre ele. Como era de seu costume, caminhou respondendo a esses acontecimentos e sensações cantarolando baixinho: "*These foolish things... remind me of you.*"

Chegou à calçada, envolto por fragmentos de lembranças afetivas, inclusive algumas adquiridas esta tarde. Entre elas, destacava-se a fala daquela senhora que, ao entregar o livro para ser assinado, profetizou — aparentando também ter refletido bastante sobre a relação do autor com a famosa garota anônima: "Vocês ainda vão se reencontrar, viu? Eu torço muito por isso, e tá na cara que é o destino de vocês ficarem juntos... Eu sinto essas coisas, sabe? Nada acontece por acaso; pode acreditar."

Ele acendeu um cigarro enquanto deixava o pensamento correr solto. Meditou sobre as tantas possibilidades, que parecem vagar sem rumo definido — algumas vezes encontrando um afortunado como ele. Foi inevitável fazer a comparação: seriam como garotas de olhos castanhos andando por aí, entrando e saindo por portas aleatórias, atraídas por canções e acasos. Era assustador. E aquele senhor idoso, presente também no momento do encontro? Provavelmente era tarde demais para, como ocorrera com ele, ter sua vida tão transformada. Ou talvez simplesmente não fosse o caso. Isto também acontece: uma mesma oportunidade pode encontrar pessoas diferentes, realizando-se apenas para alguns, mais aptos a recebê-la... Talvez ele mesmo tenha atravessado outras ocasiões em que uma "possibilidade" tenha passado por ele sem que percebesse. Mas que relevância tinha nomear assim algo não realizado? Uma mulher, saindo do shopping, lhe cruzou o caminho e o devaneio.

Sim, era ela.

Ele não a reconheceu — portanto continua sendo um fato que ele nunca mais a viu. Enxergou apenas uma desconhecida; uma mulher também inconsciente de estar caminhando ali entre dois lugares, duas épocas, dois corpos distintos. Além de uma calçada, atravessava também a sua própria imagem rejuvenescida no pensamento dele — estava à frente e atrás dos olhos daquele homem. O cabelo diferente, alguns quilos a mais, os trajes maduros e outras pequenas alterações a disfarçavam, mas, se não tivesse acabado de colocar os óculos escuros para encarar o sol, talvez ele pudesse reconhecê-la pelos inesquecíveis olhos castanhos — se é que ainda eram os mesmos, não se soube. Ela partiu novamente, mas dessa vez sem tocar em nada, sem alterar o rumo de ninguém.

E se a tivesse reconhecido? Conversado com ela? O que seria a vida então? No mínimo, uma história interessante teria a mais, já sendo isso alguma transformação. Poderia até render um segundo livro — contando o reencontro dos dois e seus desdobramentos — caso este lançado hoje fizesse sucesso. Ela, com certeza, ficaria deliciosamente assombrada de se descobrir personagem central de um livro, de um artigo de jornal e de uma outra vida. Talvez se casassem finalmente e tivessem uma filha com os mesmos olhos castanhos, a perturbar outras gerações de garotos.

Nada disso aconteceu, porém. Os dois se afastaram, sem nenhuma transformação ocorrida. Ele apenas se distraíra brevemente com a mulher de óculos escuros, pensando que ela parecia uma cega; não sabia, ao acusar, a extensão da cegueira. Após perdê-la de vista, voltou a pensar na menina dos olhos castanhos, sem saber que alternava sua atenção apenas para uma outra época, e não outra pessoa. Teria para aquela garota também alguma relevância aquele dia, aquele encontro? Lembraria dele, ao menos? Onde estaria agora? Seria mesmo possível que se reencontrassem?

A vida é muito por pouco.

O vendedor

Não adiantava argumentar; mesmo sendo ele quem mais concretizou vendas pela empresa em toda a sua história, mesmo sendo seu rosto sorridente o ocupante do quadro de "funcionário do mês" há anos, estava recebendo sua demissão. Era uma empresa tradicional, pertencente a família de imigrantes, e os meios questionáveis que passara a utilizar para aumentar seus números desagradavam muito os donos. Passara dos limites, disseram-lhe. Emerson não teve escolha a não ser deixar a firma à qual se dedicara tanto. Menos do que uma lição aprendida, porém, restou nele a sensação de que os limites, na verdade, eram mal traçados, determinados sem inteligência, sem visão estratégica. Sem audácia.

Não tardou a conseguir outro emprego: foi admitido como representante de materiais e artigos hospitalares em uma multinacional. Passou a dedicar-se a visitas em clínicas e hospitais, demonstrando e negociando seus produtos. Por sua conduta exemplar, logo ficou encarregado dos clientes de alto padrão, aqueles que demandavam vendedores com mais tino. Grande parte dessa sua rápida ascensão se devia à sua incrível destreza de cativar as pessoas, qualidade que lhe concedia, aonde fosse, empatia geral. Desde os seguranças dos hospitais até os diretores, passando por secretárias e enfermeiros, todos se entusiasmavam de alguma forma com sua presença. Emerson sabia que a melhor maneira de conquistar a afeição de alguém é proporcionando-lhe sensação de reconhecimento: retribuindo atenciosa e abundantemente o que cada pessoa tem prazer em oferecer, o que ela entende como medida de seu valor. Cruzava os corredores destacando o time de futebol de um, pedindo orações para outra, enaltecendo a excelência daquele, o penteado daquela. Não havia quem não se sentisse especial perto dele e, portanto, o adorasse.

Sua rotina de vendas e sedução seguira normalmente até o dia em que, enquanto conversava distraidamente com uma enfermeira, foi surpreendido por um alvoroço.

— O que tá acontecendo? — perguntou a ela.

— É o filho do seu Carlos, do 302; tá criando uma confusão...!

— Por quê?

— O pai dele precisa de um transplante de rim... Mas tem que esperar na fila, não tem jeito! É que eles são ricos, sabe? Então, acham que podem comprar uma solução melhor... Não tão acostumados a esperar, eu acho; a ser tratados igual aos outros.

— Eles são muito ricos?

— Nossa Senhora! Cá entre nós: dizem até que ele tá tentando comprar um órgão, sabe?, por baixo do pano...

— É mesmo?!

— Pois é! E dizem que o Dr. Lúcio, sabe?, dizem que ele é metido com essas coisas... Cruz-credo!

Emerson fez uma expressão de espanto. Após a enfermeira se retirar, refletiu brevemente e foi ao encontro daquele homem que causava o transtorno.

— Boa tarde, senhor... posso ter um minuto da sua atenção? — disse-lhe. O homem se voltou, surpreso; no momento em que parecia prestes a destruir parte do hospital, alguém lhe pergunta tranquilamente sobre sua disponibilidade, como se quisesse vender algum produto. Emerson prosseguiu, cordialmente: — Eu acredito que tenho a solução pro seu problema.

— Duvido — ele rebateu, castrador.

— O senhor tá procurando um rim pro seu pai, não tá?

O homem pareceu transmudar, finalmente.

— Estou, sim. Você...?

— Olhe, fique tranquilo... — Emerson colocou a mão sobre o ombro dele. — Eu tenho o que você precisa! O senhor não quer me acompanhar em um café? A cantina daqui é ótima!

— Você tem mesmo a solução? — o homem o interpelou, desconfiado.

— Claro, senhor! Por favor, me acompanhe...

Desceram de elevador até o térreo. No trajeto, o homem, que se apresentou como Ricardo, ouviu a fala incessante de Emerson sobre como sabia que esses momentos são complicados, como é valiosa a assessoria de um profissional preparado, como são necessários produtos de qualidade e bom atendimento, tudo para garantir segurança e comodidade. A preleção só foi interrompida ao chegarem à cantina. Emerson, então, perguntou ao homem o que ele gostaria de tomar, pediu dois do mesmo para a garçonete e fez questão de pagar.

— Pronto; assim, ficamos mais à vontade, não é mesmo? Um ambiente mais aconchegante, mais informal... — disse, sorrindo amigavelmente. — Agora, o senhor pode me explicar, mais detalhadamente, o que tá procurando?

— O que acontece é que meu pai... na verdade, ele é meu padrasto; ele tem um tipo de diabetes... e tá tendo falência renal. Se fosse meu pai biológico, eu mesmo doava meu rim, mas nem eu, nem ninguém na nossa família, é compatível. E ele precisa do transplante com urgência!

— Sei... — Emerson dava corda à conversa, fazendo expressão de preocupado.

— Ele é como um pai pra mim... E, se ele tiver que esperar na fila, pode demorar mais do que... Ele corre o risco de... — Tinha dificuldade em falar. — Ele pode até morrer. E a gente não tem notícia da família anterior dele.

Emerson alterou sua expressão: de preocupação, passou para pesar.

— É tão difícil lidar com tudo isso, não é mesmo? — Mudou, então, para um sorriso confiante. — Mas, fique tranquilo, eu tenho justamente o que você precisa! Um rim absolutamente saudável, sem ter que esperar na fila, sem riscos... O que o senhor me diz?

Ricardo, sorrateiramente, olhou ao redor; sabia aonde aquela conversa ia chegar, embora estranhasse muito a forma da abordagem. Emerson, portando um crachá e vestindo roupas sociais azuladas, parecia um profissional autorizado pelo hospital, oferecendo órgãos como quem vende planos de saúde. Parecia que, a qualquer momento, poderia sair de sua valise um catálogo com fotos e dados das mercadorias, tudo bonitinho e organizado. Diante do silêncio vacilante do homem, o representante emendou:

— Olha, Ricardo — posso te chamar assim? —, é tudo mais simples do que parece, na verdade. O senhor aceitando nossa oferta, o rim vai ser entregue imediatamente, onde o senhor preferir, sem nenhum custo adicional!

— Você tá querendo me vender um rim? — ele perguntou, quase sussurrando.

— O senhor tá querendo comprar um? — Emerson devolveu.

Ricardo se deteve, parecia ter muitas suspeitas em relação àquela proposta; não sabia se, na verdade, era porque a recebia, inesperadamente, de forma tão polida. Sussurrou mais baixo ainda:

— Quanto?

— O total do investimento, senhor, se for pago à vista, vai ficar em... — Emerson sacou uma calculadora e apertou vários botões, fingindo fazer contas enquanto inventava um preço. — Cem mil reais, senhor. É um investimento que vale muito a pena! Na verdade, o preço baixou da semana passada...

— Eu consigo mais barato.

O negociante foi pego de surpresa pela interrupção; não esperava concorrência e, além disso, se arrependeu de não ter pesquisado antes de fazer a proposta — não fazia ideia de quanto valia um rim. Estaria perdendo a venda por pedir muito?

— E por quanto o senhor consegue? — Disfarçou o próprio desconcerto e despreparo.

— Sabe o Dr. Lúcio, daqui do hospital? Então, ele me disse que sai por uns noventa mil. O problema é que ele não quer mais se envolver com isso, ele falou.

— Ah, meu amigo, mas isso é um velho truque de venda que eles usam! — Emerson tentou dar a volta por cima. — Eu não gosto de falar mal da concorrência, sabe?, mas eles fazem isso: dizem que não querem vender, fazem todo esse showzinho etc. etc., pra depois tentar te convencer a pagar muito mais, entendeu? Eles supervalorizam o produto! Eu não trabalho assim, me interessa vender pro senhor! Outro dia mesmo, veja você, uma senhora me procurou, que aconteceu a mesma coisa com ela: começaram cobrando noventa mil, foi que foi, inventaram um negócio aqui, uma dificuldade ali... Pronto: no fim, queriam que ela pagasse cento e cinquenta mil! Aí, ela acabou comprando comigo mesmo e falou assim: "Olha, Emerson, muito melhor ter feito com você", sabe? Agora taí, com saúde, satisfeitíssima com a compra! Ela faz até hidroginástica, pra você ver!

Mas, olha, vamos fazer o seguinte: como é o primeiro serviço que o senhor contrata com a gente, eu faço pra você pelo preço do concorrente: noventa mil. Fica bom assim? Eu tô até abrindo mão da minha comissão, hein?! E eu garanto que não vai ter mais nenhum custo adicional! Esse é o preço final, por todo o procedimento!

— Me passa seu telefone.

— Tá aqui meu cartão. Olha, vou até anotar à caneta aqui, do lado do meu telefone: O negativo, doador universal.

— Como assim?!

Emerson se atrapalhou novamente; não havia esclarecido, nem planejava fazê-lo, que o plano era vender o próprio rim.

— Ah!... É que... a gente que trabalha em hospitais... assim... tem que pôr! Igual os médicos põem no crachá, já viu? — despistou. Despediram-se com um firme aperto de mãos.

O representante foi direto para casa, pesquisar sobre o assunto na internet. Envolvido na empreitada até tarde da noite, perdeu a hora na manhã seguinte. Ao ligar seu celular, viu que tinha um recado gravado: "Oi, Emerson, é o Ricardo... Eu estou ligando pra dizer que aquele nosso negócio tá fechado. Outra coisa: eu conversei com o médico, e ele me disse que o ideal seria fazer um transplante de pâncreas junto, por causa da diabetes, da insulina e tal... Você me consegue um pâncreas também? Bom, obrigado... Me liga quando puder." Apesar de já estar atrasado, Emerson voltou para o computador. Averiguou que também era possível fazer o transplante de pâncreas entre pessoas vivas. Aproveitou o ensejo para checar que outros órgãos ofereciam essa possibilidade, ou "oportunidade", como ele denominou. Ao rim e ao pâncreas se acrescentavam o intestino, o fígado, sangue, medula óssea e até mesmo o pulmão. Sangue e medula óssea, no entanto, não tinham valor de mercado: a relação entre oferta e procura não era favorável. O negociante ligou de volta para o cliente.

— Alô?

— Oi, Ricardo, é o Emerson! Tudo bem?

— Ah... oi, Emerson. — Ele passou a falar mais baixo.

— Amigo, você está com sorte! Consigo fazer o rim e o pâncreas pra você, no pacote, por cento e vinte mil! Dá um desconto de quase...

— Fechado. — Ricardo realmente se sentiu com sorte.

No mesmo dia, Emerson fez os exames de compatibilidade, cujos resultados foram positivos. Somente após receber a aprovação, percebeu o negócio de risco que havia feito — e se não fosse compatível? Sentiu-se agraciado, acreditou que a confirmação fora um bom sinal.

A cirurgia foi realizada com sucesso total. Tempos depois, subtraído de um rim e de um pedaço do pâncreas, mas já recuperado, o vendedor recebeu uma nova ligação de seu cliente, cujo tom desembaraçado da voz o tornava quase irreconhecível.

— Emerson? É o Ricardo! Lembra de mim?

— Oi, meu querido, claro! E seu pai, como vai?

— Ah, tá ótimo, graças a Deus! Obrigado de novo!

— Que isso, não precisa agradecer. A satisfação dos nossos clientes já é a nossa recompensa!

— Escuta, tem um amigo da nossa família que tá com um problema parecido e eu imaginei que podia falar com você. Ele precisa de um transplante de fígado e tá difícil achar doador. Será que você...?

— Claro! Me passa o telefone dele.

Emerson anotou o número do sujeito e logo entrou em contato. Empolgado, sentia que já estava formando sua "network". Combinou com o novo cliente um encontro em sua residência, para maior discrição. Ao chegar lá, no horário marcado, espantou-se com o luxo do imóvel; com certeza, tratava-se de um cliente com muito poder aquisitivo. Tocou a campainha e foi atendido por uma governanta uniformizada, que o encaminhou a um escritório onde um senhor corpulento se encontrava sentado atrás de uma pesada mesa de cedro. O anfitrião apenas encarou o visitante e foi direto ao ponto:

— Quanto fica...?

— Bom dia, seu Inácio... O senhor estaria interessado em um transplante de fígado, correto? Se o senhor não se importar, eu gostaria de estar demonstrando um pouco mais...

— Só quero o fígado, quanto é?

— O fígado, senhor, fica em cem mil reais, o que, se for ver...

— Mas o Ricardo me falou que pagou noventa num rim! O fígado é só um pedaço que tiram!

— Eu sei, senhor, mas... veja: o seu Ricardo conseguiu um preço especial porque adquiriu um pacote, com um rim e... — Emerson fez uma pausa, fingindo tentar se recordar com esforço, para dar ao cliente a impressão de realizar mais vendas do que poderia se lembrar. — Foi um rim e um pâncreas, se eu não me engano...

— Ok, tá bom... fechado... Se eu não precisasse tanto... E como funciona agora?

— O senhor só preenche essa ficha, por favor, e fique tranquilo: nós cuidamos de tudo e entraremos em contato com o senhor muito em breve.

Emerson entregou o pequeno formulário que tinha preparado e impresso em seu computador. O cliente o preencheu rapidamente e devolveu, com uma expressão nada amigável.

— Obrigado, o senhor não vai se arrepender. — Apertou-lhe a mão com firmeza e saiu.

Deixou a casa do cliente convencido de ter encontrado um ótimo nicho de mercado. Rumou para o hospital onde seu Inácio anotara que estava inscrito e, em vez de tentar negociar os produtos de sua empresa, dirigiu-se à central de transplantes. Além dos exames de compatibilidade, dedicou-se a fazer amizade com o rapaz encarregado do setor. Fez tantas perguntas a ele, e ouvia as explicações tão atentamente, que o rapaz logo foi cativado; jamais conhecera alguém com tanta curiosidade por sua atividade e que, além disso, também compartilhasse sua vontade de ajudar o próximo, de fazer diferença na vida das outras pessoas. Diante do ávido interesse de Emerson, o moço não mantinha reservas: contou, entre muitas histórias que deviam ser sigilosas, sobre uma pobre mãe viúva, cujo filho precisava de um transplante de pulmão.

— O pior é que, se ela é pobre, fica mais difícil, né? — o vendedor emendou.

— Não, mas eu disse "pobre" por causa do sofrimento... dinheiro é o que não falta pra ela!

— É mesmo?!

— É! O marido dela era dono de usina, parece... Depois que ele morreu, eles venderam tudo, e o dinheiro ficou pra ela. Mas era melhor que ele tivesse vivo, né? O transplante de pulmão precisa de dois doadores, são dois pedaços que pega, sabe?, um de cada pessoa. — O rapaz explicava com gestos, representando graciosamente retirar algo do próprio peito e do de Emerson. — E ela tá disposta a doar uma parte, mas não encontra doador pra outra metade.

— Nossa, que judiação... e você tem o cadastro dela aí?

— Tenho, claro! O transplante é feito em outro hospital, mas aqui a gente tem o cadastro de todo mundo. Pra saber quem tá precisando, né?

— E você podia me passar o telefone dela, por favor? Eu gostaria de... transmitir meus sentimentos, né? Agora que tô vivendo esse tipo de situação de perto, eu vejo como é difícil...

— Ai, você é um fofo... tá vendo, eu sempre disse que existe gente boa nesse mundo! Tá aqui, olha, o número dela...

Emerson agradeceu e despediu-se do rapaz, que se curvara sobre o balcão, acariciando sua superfície enquanto abria bem os olhos convidativos para o vendedor.

O exame de compatibilidade para o transplante hepático do seu Inácio deu positivo. Paralelamente, o vendedor telefonou para a viúva, que, em desespero materno e abundância monetária, nem quis negociar o preço: aceitou pagar os cento e trinta mil pedidos sem pestanejar. Emerson era compatível com o filho dela também; parecia ter nascido para essa carreira. Pediu demissão da empresa em que estava contratado, para se dedicar integralmente à nova atividade, e fez a lobectomia para o garoto. Recebeu alta em uma manhã e na tarde do mesmo dia seguiu para o outro hospital, onde realizaria a extração de um pedaço do fígado para seu Inácio. Um dos médicos, presente nas duas cirurgias, teve a impressão de estar vendo um rosto repetido no leito, mas, dado o absurdo, pensou tratar-se apenas de um estranho *déjà-vu*.

Ao sair do hospital, após receber alta da segunda internação consecutiva, o vendedor se deparou, por acaso, com aquele rapaz da central de transplantes.

— Meu Deus, Emerson, que cara é essa?!

— Ah... oi! Fique tranquilo, eu tô bem... — Não queria se expor. — Só tive um probleminha no rim...

— Eu sabia! Já tinha te visto na nefro uma vez, há muito tempo. Nunca mais esqueci seu rosto...

— É... bom, acho que é melhor eu ir andando...

— Eu já sei o que eu vou fazer pra te ajudar: vou colocar você na lista de espera por um rim!

Ele agradeceu, sem se dar conta exatamente do que ouvira; ainda estava meio atordoado pela sucessão de cirurgias. Alguns dias depois, no entanto, recebeu um telefonema daquele moço.

— Emerson? Oi, é o Fábio, da central de transplantes!

— Ah, oi, Fábio! Em que posso ajudar?

— Na verdade, gato, eu é que vou ajudar você dessa vez. Consegui um rim pra você na lista!

Emerson se assustou um pouco com aquilo; vender seus próprios órgãos, tudo bem, mas pegar um da lista de doação?! Isso não era muito ético, era? No entanto, depois de muito refletir, chegou à conclusão de que aceitaria a oferta, sim. Considerou não estar prejudicando ninguém ao aceitar aquela doação: outra pessoa ainda receberia um rim, já que, com o novo órgão adquirido, ele poderia vender o segundo dele. Venderia o seu original, claro, não o recebido — tinha seus princípios, afinal de contas.

Após a operação bem-sucedida, na qual pela primeira vez era o receptor, Emerson aproveitou o tempo de internação para estreitar ainda mais as relações com o pessoal daquele hospital. Apesar do constante mal-estar, mantinha conversas extensas, principalmente com o enfermeiro do turno da noite, que, em face do longo tempo passado entre o silêncio dos adormecidos, tinha nos diálogos com Emerson um lenitivo para a solidão. Já na primeira madrugada, dialogavam sobre o assunto de interesse:

— ...E vocês fazem muitos transplantes aqui?

— Ah, bastante!

— O complicado é conseguir doador, né?

— É! Isso é uma tristeza...

— E o pior é que nessas horas não importa o cara ter dinheiro ou não, né?

— É verdade! Aí é que você vê que dinheiro não é tudo. Olha só que história: tem um senhor aqui no hospital esperando um intestino, e não consegue ninguém pra doar. Pode até ser doador vivo, sabe? Só que os filhos ficam arrumando desculpa pra não se arriscar na cirurgia... vê se pode?!

— Não me diga!

— E o cara é dono de empreiteira, cheio da grana!

— É mesmo?!

— É! Mas se não tem o amor da família, de que adianta, né?

— E você sabe em que quarto ele tá? Eu gostaria de desejar sorte, já que eu passei pela mesma coisa.

— Ele tá no 107. Seu Mathias, é o nome dele. É bom dar um apoio mesmo, nessas horas...

— Obrigado... E, olha: assim que eu sair daqui, eu vou ver pra você aquele emprego que eu tinha falado, ok?

Emerson despediu-se do contente enfermeiro e caiu no sono. No dia seguinte, logo cedo, interfonou para o quarto do possível cliente. Era impressionante como seu ânimo se restabelecia completamente para a abordagem:

— Alô, seu Mathias?

— Sim?

— Seu Mathias, hoje é seu dia de sorte!

— Hã?! Quem tá falando?

— Eu tenho uma oferta imperdível pro senhor, não desligue!

— Mas será possível que até no hospital vão me ligar tentando vender coisa?!

— Eu não estou falando de um produto qualquer, seu Mathias.

— Olha, seja o que for...

— O senhor gostaria de um transplante de intestino, não?

— Gostar, não gostaria, não; mas preciso, né! Quem tá falando?!

— Pois então, eu tenho uma oportunidade de ouro pro senhor! — O resto da conversa pode ser facilmente previsto; lá se foi mais um pedaço de Emerson. Em retorno, cento e sessenta mil reais. O empreiteiro estava acostumado a lidar com quantias bem mais altas do que esta, nem se preocupou com o dinheiro — o instinto de sobrevivência era uma arma poderosa a favor do vendedor. A nova cirurgia foi feita e correu tudo bem: como de costume, já era possível dizer.

Emerson, então, marcou uma consulta com o Dr. Lúcio, o médico com fama de estar envolvido em compra e venda de órgãos. Planejava conseguir com ele, um profissional mais gabaritado, algumas dicas, uma parceria ou mesmo um comprador para seu rim sobressalente — para o comerciante, ter dois rins, agora, era ter de sobra. No caminho para o consultório, recebeu um telefonema: a pessoa, sem se identificar, requisitava um coração. Emerson desculpou-se, informando que não trabalhava com esse tipo de produto; disse ter passado por muitos problemas com a entrega das peças, por isso deixara de comercializá-las. Não podia admitir, obviamente, não fazê-lo por precisar do próprio coração para sobreviver. Desligou, despedindo-se com simpatia, enquanto adentrava o consultório do Dr. Lúcio. Após uma breve espera, investida em um diálogo galante com a recepcionista, foi chamado pelo médico à sua sala.

— Me diga, jovem... O que está acontecendo com o senhor?

— Na verdade, é o que está acontecendo com o senhor, doutor.

— Perdão?!

— A sorte está batendo à sua porta!

Emerson, ao iniciar o assunto que o conduzira ali, foi interrompido imediatamente. Além de reprovar-lhe a visita em seu consultório com esse objetivo, o doutor esclareceu que tinha abandonado essa prática, pois quase lhe custara a profissão. O vendedor, que não costumava aceitar um simples "não" como resposta, insistiu em contar sobre seus procedimentos, sobre o rim que faturou de graça, e propôs que o médico pelo menos tentasse conseguir um comprador para ele; poderiam dividir o pagamento.

— Você tá transplantando seus próprios órgãos?! Tá maluco?!

— É um grande negócio, doutor, lucro total!

— Não é assim que funciona, não... Meu Deus do céu! Faz o seguinte... Mas, olha, não fala disso pra ninguém, hein! — ele disse enquanto anotava um número de telefone em um pedaço de papel e o passava para o paciente/proponente. — ...É o telefone do meu antigo contato. Eles podem te ajudar, eles vendem órgãos... Aí você não fica arrancando os seus, que você vai acabar se matando desse jeito! Olha pra você!

Emerson agradeceu com o típico aperto de mão firme.

— Obrigado pelo seu tempo, doutor. Olha, fique com meu cartão... Se, por acaso, souber de alguém precisando daquele rim, não hesite em ligar!

Logo à noite, o telefonema já foi feito, surpreendendo inclusive o vendedor.

— Emerson, aqui é o Dr. Lúcio, tá podendo falar?

— Oi, doutor! Estava pensando justamente no senhor!

— Escuta... Aquilo que você falou do rim... Você realmente tá disposto a vender?

— Claro! O senhor tem algum interessado em vista?

— Mas... seria direto com você, né? Não tem nenhum atravessador no meio?

— Não, não... Fique tranquilo, o rim já tá comigo, tá na minha mão. Quer dizer, na verdade, tá na minha barriga, mas o senhor entendeu... — emendou em um riso.

— E quanto você quer por ele?

— Espera só um segundo, doutor, que eu tô com uma ligação aqui na outra linha, já te ligo!

Emerson desligou subitamente e telefonou para o contato transmitido pelo médico poucas horas antes.

Após se apresentar como amigo do Dr. Lúcio, foi rapidamente informado de que cobravam dez mil por um rim; agradeceu a informação, despediu-se e ligou de volta para ele.

— Oi, doutor, desculpa; era um outro cliente, que tá na cidade só por hoje, por isso eu tinha que atender. Mas vamos lá... Olha, eu costumo vender o rim por cem mil.

— Costuma?! Mas você não vendeu só um, só o seu?

— Então, esse é o preço-padrão.

— Ah, tá, entendi. Bom... eu fazia mais barato, mas vai ver que subiu mesmo, tudo bem... E a gente divide a grana?

— Claro! Metade pra cada um. — Emerson ambicionava mais o início de uma parceria frutífera a longo prazo do que o lucro imediato. Dadas as condições aparentemente seguras, o médico fechou o negócio. Não estava roubando ou abusando de ninguém, nem se envolvendo com quadrilhas, extorsão ou coisas do tipo. Aquele era um "doador" voluntário do próprio rim e não pareceria suspeito.

Realizaram a cirurgia e partilharam o dinheiro recebido. Emerson resolveu reinvestir parte de seus dividendos no próprio negócio: comprou um novo rim do contato que o Dr. Lúcio lhe dera, o qual passou a chamar de "fornecedor". Estava repondo a mercadoria vendida, criando seu giro. Fazia de si mesmo seu estoque, apesar de lamentar a limitação de espaço e o fato de não poder aproveitar uma mesma cirurgia para retirar um órgão e já colocar outro, o que certamente o denunciaria. Mesmo assim, tratava-se de um negócio único: comprando um rim por dez mil e vendendo por cem, obtinha lucro de novecentos por cento. Esta prática, que poderia representar um dilema moral a princípio, configurava-se para ele, agora, apenas como uma evolução natural dos negócios. Se já havia recebido um rim por meio de doação, que mal teria em comprar? Era até mais justo, na verdade, já que os órgãos obtidos estavam destinados ao comércio de qualquer maneira; apenas se acrescentava uma etapa, como uma revenda ou um distribuidor. Ele, inclusive, acreditava estar favorecendo o acesso das pessoas a uma facilidade que, em geral, desconhecem. Sua nova atividade poderia salvar muitas vidas — tratava-se de um serviço de utilidade pública. Cada um crê no que melhor lhe apetece.

Algum tempo depois, já habituado à nova carreira e seus desagradáveis sintomas, Emerson foi contatado por um amigo de Ricardo, seu primeiro cliente. Era um fazendeiro milionário que já tinha sofrido dois infartos e precisava de um coração. O vendedor, dessa vez contando com seus parceiros e notando o alto poder aquisitivo do interessado, se dispôs ao serviço por um preço bem alto, que o cliente aceitou sem reservas: quinhentos mil reais. Era a maior venda já realizada por ele, contando todos os lugares em que trabalhara. Ligou para o "fornecedor", pedindo o produto, e, em seguida, para seu companheiro médico:

— Lúcio? É o Emerson!

— Ah... Oi, Emerson... — ele respondeu, passando a falar mais baixo.

— Acabamos de fechar um negócio ótimo, parceiro!

— Como assim?! — Não pensava ter uma parceria com ele, muito menos fechar negócios juntos.

— Acabei de vender um coração!

— Tá maluco?! Como você...

— Fica tranquilo, não vou tirar o meu, não... Acabei de falar com o pessoal lá da entrega, e eles têm disponível.

— Porra, você enlouqueceu... Você sabe que eu não quero mais nada com esses caras! Pegar o seu rim é uma coisa, mas comprar deles já é outra completamente diferente!

— Eu consegui quinhentos mil no coração, Lúcio.

O médico ficou em silêncio do outro lado da linha. Pouco depois, pediu para Emerson ligar novamente à noite. O vendedor já considerou o negócio fechado; o diálogo noturno confirmou seu vaticínio. Toda a negociação foi feita, a cirurgia também.

Dias depois, porém, o fazendeiro receptor telefonou novamente:

— Emerson?!

— Oi, seu Adamastor...

— O coração que tu me vendeu tá estragado!

— Como assim?!

— Tá me dando... *Como é mesmo o nome, minha filha? Hã?! Rejeição?!* Tá me dando rejeição, homem de Deus!

— Olha, seu Adamastor...

— Não tem "olha", não! Ou você me arruma outro coração, ou eu mando um dos meus homens atrás de você, tá entendendo?! E ainda pego meu dinheiro de volta! — Desligou na cara dele.

Emerson ligou imediatamente para o "fornecedor". Implorou, brigou, pediu pra falar com o gerente, mas não adiantava: não tinham nenhum coração disponível para pronta entrega. Podiam providenciar um, mas, além de demorar um pouco, disseram que saía mais caro assim, "por encomenda". Ele agradeceu, mas disse que tentaria encontrar em outro lugar; se não conseguisse, voltava a ligar mais tarde. Telefonou para o doutor:

— Lúcio! Tá sabendo do Adamastor?

— Acabei de saber no hospital. Fazer o quê, acontece.

— Acontece, nada! O cara falou que vai me matar se eu não arrumar outro coração!

— Olha, se você quiser dar outro pra ele, fala com o pessoal, mas você vai sair no prejuízo, né?

— Então! E o pior é que eu já liguei pra lá e eles falaram que não têm nenhum disponível; disseram que só por encomenda!

— Vixe! Aí sai mais caro ainda... mais prejuízo...

— Ah, já sei! Você pode me examinar hoje ainda?

— Como assim?!

— Eu vou doar meu coração, ué!

— Cê enlouqueceu de vez?!

— Não, olha só, a gente faz assim: abre nós dois, e aí tira o meu coração e põe nele, enquanto já tira o dele e põe em mim...

— Cê tá maluco, isso não existe! Além do quê, o coração dele já sofreu rejeição, não tá bom pra colocar em você, não...

— A gente vai ter que tentar. Eu não vou deixar um cliente importante como ele na mão! Tô indo aí pra fazer os exames.

— Mas... — Agora foi o médico que recebeu um telefone desligado na cara.

Emerson fez os exames; era compatível, como sempre. Ligou para o cliente antes mesmo de sair do consultório:

— Seu Adamastor? É o Emerson! Como vai?

— Conseguiu meu coração?

— Mas é claro que sim, seu Adamastor! O senhor vai receber um novinho em folha, inteiramente grátis! Eu tinha te falado, né, comprando com a gente, o senhor tem garantia total de um ano em qualquer produto!

— Agradeço.

O vendedor e o médico passaram quase a noite inteira planejando como seria a cirurgia. Era preciso uma logística especial: esse tipo de operação não existia e, obviamente, ia levantar suspeitas se fosse feita às claras. Pensaram em subornar todos os médicos da equipe, mas acharam que era arriscado demais; quanto mais gente envolvida, mais chances de o esquema vazar — nem todo mundo apoia esse tipo de atividade. Pensaram também em fingir que Emerson estava morto, mas como conseguir, dessa forma, a implantação de um coração nele? Concluíram ser melhor forjar que tanto ele quanto o seu Adamastor precisavam receber o órgão, cabendo ao Dr. Lúcio encontrar maneiras de não deixar ninguém perceber que os corações transplantados eram, na verdade, um do outro. Ele faria a troca dos órgãos entre as salas de cirurgia, além de conseguir que ambas as operações fossem agendadas no mesmo hospital e no mesmo horário. Tendo Emerson posto em jogo a própria vida, era justo que, para fazer valer seu quinhão, o médico arriscasse sua carreira. Ao fecharem o plano, o Dr. Lúcio reafirmou a Emerson que nunca mais o procurasse se sobrevivesse a essa loucura. Ao ouvir o cirurgião cogitar sua morte, o vendedor sentiu medo pela primeira vez; talvez aquilo fosse uma ameaça — talvez ele pudesse provocá-la intencionalmente, para livrar sua cara.

A cirurgia foi uma verdadeira loucura. O Dr. Lúcio levou uma advertência da diretoria do hospital por sair, no meio de uma operação, para buscar o coração do paciente. Não se pode simplesmente esquecer um órgão para trás dessa maneira, disseram, muito menos entrar em uma sala onde outra cirurgia está ocorrendo para procurá-lo. Depois de quase ter posto tudo a perder novamente, o médico jurou para si mesmo nunca mais se envolver com esse tipo de coisa, não importa o que acontecesse ou quanto recebesse por isso. Já Emerson, com todo o dinheiro arrecadado, decidiu que era hora de se aposentar e dar um descanso para seu corpo debilitado. Estava rico, perdera a conta de quantas cirurgias havia feito. Além das descritas, houve outras trocas de rins e reaproveitamentos de seu fígado — que, mal se regenerava, voltava a ser mutilado, feito um Prometeu moderno. Ele nem sabia mais o que, em si, era nato e o que viera de outros. Também não tinha mais exata consciência de tudo o que deixara para trás.

Abastado, passou a viver de forma pacata na casa que comprou em um bairro nobre. Desfrutava, tanto quanto sua saúde permitia, do tempo livre e da fortuna obtida, o que não era muito. Não assistia à televisão, não lia jornais, não se interessava por nada além de seus remédios e seus próprios pequenos prazeres. Não soube, inclusive, que a polícia surpreendera aquela quadrilha de traficantes de órgãos e desmontara o esquema. Ignorava também que, tendo sido o mais recente a ingressar no ramo, fazendo pedidos tão estranhos e sumindo pouco antes de o flagrante acontecer, se tornara o principal suspeito de ter delatado o grupo. Se fosse conhecedor desse fato, provavelmente não teria saído à rua desprotegido essa manhã, ou pelo menos saberia por que fora abordado por uma motocicleta, cujo ocupante de trás sacou um revólver e disparou dois tiros contra sua cabeça.

A moto, após o atentado, saiu em disparada, sem deixar vestígios. Algumas pessoas que passavam por ali no momento socorreram a vítima. Chamaram uma ambulância, cuja espera foi preenchida pelos presentes com suspiros perplexos, gritos desesperados, pedidos de calma, perguntas curiosas, rezas sussurradas e alguns pequenos cuidados. A sirene logo os interrompeu, anunciando a chegada do resgate. Após alguns rápidos procedimentos, Emerson foi conduzido ao hospital — o mesmo onde recebera o rim, por meio da lista de espera. O deslocamento do paciente foi bastante veloz, mas a propagação da notícia, transmitida primeiramente pelo rádio da ambulância, foi ainda mais. Ao chegarem ao hospital, encontraram o setor de pronto atendimento tomado pelos funcionários, que aguardavam ansiosamente notícias de seu querido antigo companheiro.

A secretária a quem ele sempre pedia orações seguiu para a capela, abandonando temporariamente o serviço. O segurança, cujo time liderava o campeonato, prestou apoio ao rapaz da central de transplantes, que chorava feito uma criança. Os diretores do estabelecimento demandaram que fosse feito todo o possível para salvar o ferido. A maioria dos médicos e enfermeiras presentes se dedicou ao caso, ajudando como podia. O Dr. Lúcio, infelizmente, estava ausente por conta de uma viagem de última hora.

A união dos esforços de todos, no entanto, não foi suficiente. Um dos tiros o atingira de raspão, mas o outro fizera um belo estrago, se é que algum estrago é belo. A morte cerebral de Emerson foi declarada minutos depois, chocando a todos os funcionários.

Os familiares, avisados por telefone, aguardavam por notícias no saguão do hospital. O médico que as transmitiu, mesmo acostumado a essa tarefa, emocionou-se ao comunicar o falecimento. Após a informação, outro profissional se aproximou dos parentes para tratar da doação de órgãos. Os de Emerson se encontravam em perfeito estado; poderiam ser todos encaminhados para pessoas que esperavam por um transplante, salvando assim muitas vidas.

A família ouviu os apelos e toda a explicação atentamente, mas não consentiu.

Violentada

Finalmente, saíram da delegacia. Cada momento deixado para trás era uma sofrida expiação; uma troca de pele. Ela ainda precisava de muito mais... seria possível? Haveria cura definitiva? Quanto de si tinha sido arrancado e quanto mais ainda seria necessário arrancar para estancar todo o mal, se salvar? Se é que existia alguma salvação, algo que fizesse diferença de agora em diante. Sair dali era ir para onde?

O rapaz colocou sua jaqueta sobre a cabeça dela, tentando protegê-la, o pouco que pudesse, da forte tempestade. Mesmo assim. A água jorrada com força, o vento torrencial, tudo os confrontava. Estavam sozinhos no mundo. Tentaram andar rapidamente para minimizar o impacto, mas havia o medo de cair. Tantos medos, não existem nem nomes para parte deles. Haveria um refúgio em algum lugar?

Ele abriu a porta do carro para ela, segurando a jaqueta por cima para lhe dar cobertura. A moça buscou seu lugar, atribulada, chocando-se contra a porta, o painel, o encosto do banco. Inconciliada com seu corpo, feria-se ainda mais, sem tomar real consciência da dor; formava hematomas insensíveis. Após circundar o automóvel, ele entrou arfando pelo lado do motorista. Sentou-se, ensopado, pesado. Jogou apressadamente a jaqueta no banco de trás e, de seu lugar, observou-a; estava encharcada também, porém muito mais devastada do que ele: completamente diluída. O céu desabara sobre os dois; ela era menos resistente ao peso? Poderia ele estimar qual era o peso sobre ela? Algumas coisas um homem não alcança. Os cabelos molhados dela caíam espalhados sobre os ombros como algas negras. Seus olhos escorriam em uma água escura: rímel dissolvido em lágrimas e chuva. O nariz escorria, a pele suada escorria, tudo se derramava sobre seus lábios. Sem intenção, em meio a suspiros, ela sorvia de volta um pouco da dor vertida, um pouco de si que se esvaía. Pode alguém se realimentar de si mesmo? Do que perdeu?

Não sabiam o que dizer. Estavam abandonados em um território absolutamente desconhecido. Para certas coisas, uma pessoa nunca está preparada. Em seu primeiro instante a sós com ela após o ocorrido, o noivo apenas se conservava calado, como se todas as palavras estivessem mortas. Esperava algo dela? Não havia mais nada a ser extraído. Ele demorou para dar partida no carro; qualquer gesto era bruto demais. Era dar início a algo que não deveria ser iniciado ainda, ou encerrar alguma outra coisa que não deveria ser encerrada ainda. O coração daquele momento parecia contraído, mas sem pulsar; restava-lhe apenas morrer ou demandava um impulso para retornar à vida? Havia algo ali que ainda precisava... que, na verdade, nunca estaria pronto. Tudo era prematuro nesse novo mundo; tudo era rompimento e dor. Os dois permaneceram letárgicos. Esperavam por algo? Os únicos movimentos e vozes a soar eram os da tempestade. Era melhor que o mundo, assim como eles, se desfizesse em água, violência e escuridão? Era mais digno, ao menos? Que os céus se cubram em luto; que os vidros fechados do carro se diluam com a moça, cobrindo-a com esse reflexo úmido, pintando-a com sombras em gotas, escondendo-a difusa. Era preciso esconder-se. Era preciso que os trovões cobrissem o silêncio, que a escuridão cobrisse as feições. As feições que seus corpos, até então, desconheciam em si mesmos. Haveria um novo código possível?

Ela afinal baixou o rosto, silenciosamente concedendo ao noivo permissão para ligar o carro e partir. As pálpebras trêmulas mal lhe cerravam os olhos. Mais uma etapa seria deixada para trás. Não que estivesse tudo resolvido; nada estava, na verdade. Aquele momento apenas resultara em nada; era preciso sair dali. O que se iniciaria então? Seriam apenas camadas e camadas dela sendo abandonadas continuamente? Aonde chegaria? Quanto mais dela havia para se perder ainda? Existiria um fim, uma forma de cicatrização para todo seu interior? O automóvel seguiu lentamente pelas ruas, sob o comando do jovem, que mantinha o olhar no caminho à sua frente.

Algum tempo depois, chegaram à casa dela; ele estacionou diante do portão. Com o carro desligado, o contato entre os dois voltou à tona. Tudo era ela: a tempestade, os vidros do carro, o ar, o que não era dito. Especialmente o que não era dito. Ela rompeu por fim o silêncio; sua voz, provinda de um fundo de si até então obscuro, soou como a de uma estranha:

— E agora? — Era a pergunta fundamental da vida. A pergunta direta a Deus — Ele, que nunca responde. E o noivo, apenas um homem, se via sozinho, obrigado a dar a resposta negada por Deus. O que pode um homem dizer acerca do que desconhece completamente?

— Vai ficar tudo bem, eu acho.

Não ia ficar tudo bem, obviamente. Como podia alguém dizer "vai ficar tudo bem" em meio àquela tempestade?! A todas as tempestades que nunca mais cessariam? Ela sabia que nunca mais. Não era esse o tipo de proteção que esperava dele; não buscava a montagem de um cenário mais ameno, buscava a construção de um lar. Precisou indagar:

— Você ainda vai me amar?

Ele respondeu, impassível:

— Sim.

A moça, então, teve certeza: o amor nunca responde apenas com um "sim". O amor nunca é tão contido, tão lacônico — especialmente em casos de emergência como esse. Era preciso tanto mais... Amor é atravessar até o outro lado. Ele nem se movera. Ela, que fora jogada para tão longe, precisava de tanto mais... Tentou outro amparo:

— A gente ainda vai se casar?

Ele não estava pronto para essa inquisição. Não agora. Algo nele também havia sido ferido, também estava sofrendo. Embora a violação não tivesse ocorrido em seu próprio corpo, era como se ele estivesse ligado ao corpo dela, compartilhando, de alguma forma, parte da brutalidade. O corpo dela era dele: sua casa. Sua casa invadida, atacada, roubada. O roubo impossível de ser ressarcido. Um homem sente diferente de uma mulher. Ele também fora atirado a outro lugar, também estava perdido, machucado; e ela, entranhada na ferida dele, se debatia, clamando por socorro. A dor causada, ele não podia nem manifestá-la; não agora. Não com tantas feridas abertas, com tanta fragilidade os cercando. Tudo no ar era vidro, tudo era ela. Não havia como evitar por muito tempo: precisava detê-la, pelo menos um pouco, porém sem estilhaçá-la — isso apenas causaria mais estragos aos dois. Fez o melhor que pôde:

— Vamos pensar nisso depois. É melhor você não...

— Não vamos mais, né?

— Agora não é hora pra isso; você precisa descansar.

— Eu não queria que isso tivesse acontecido.

— Eu sei — ele disse, esfregando os olhos exasperados.

— Você pode me perdoar?

— Não tem o que perdoar.

— Você ainda é capaz de me amar?

— Sim. — Novamente, apenas um "sim".

— E você acha que... — ela se desfazia ainda mais em lágrimas ao repetir a pergunta —... que a gente ainda vai se casar?

— Eu...

— Você não quer mais se casar comigo, né?

— Eu não disse isso... Olha...

— Não disse, mas você acha que eu não consigo ver? Você me olha como se... como...

Ela sabia. Mesmo dilacerada, percebia nitidamente os sinais dele. Coisas que nem mesmo ele sabia ao certo de si ainda ela intuía com precisão. Ele, por outro lado, não enxergava quase mais nada nela. Como se a devastação tivesse sido completa, via a seu lado apenas os destroços de uma mulher. Aquele criminoso poderia ter arrancado do corpo dela também o que fazia seu noivo reconhecê-la? Ou ele mesmo, não querendo correr o risco de vislumbrar sua mulher possuída por outro, preferia fechar os olhos para tudo? Sua própria cegueira voluntária o denunciava? O que faltava era demarcado justamente pelos contornos de sua ausência? Ele se calara. Ela sabia.

— Amor! — Seu choro se intensificou. — Eu preciso saber! Eu preciso de você... Eu não pude... Eu não...

— É difícil pra mim também. — A porta íntima dele se abrira.

— O que você tá sentindo?! O que tá pensando?!

— Eu não sei... Eu não quero... Não quero piorar as coisas. Eu sei que, pra você... Eu nem podia... — Ele ainda tentava tomar o cuidado de não machucá-la mais, não agora; mas já estava feito?

— Pode falar... Você acha que... que eu... que a gente... — O noivo percebeu que ela se diluía ainda mais; tentou acolhê-la um pouco:

— Eu sei que não foi sua culpa.

— E mesmo assim você não quer mais se casar comigo, né?

— É que... é que... vai ser sempre isso, sabe?! Eu sempre vou saber... Vou ficar lembrando toda hora. Nunca vai poder voltar atrás, isso que aconteceu. Vai ser sempre essa... esse...

Enquanto tentava explicar, notou na expressão da noiva que ela sabia disso, e inclusive já o sentia bem mais profundamente do que ele. Mas não haveria também uma forma de remissão possível? Uma forma de seguir adiante? Não restara dela nada mais, além de um corpo violentado? Ela poderia ser tanto mais que isso! Ela era, na verdade; apenas não podia perceber isso claramente no momento. E tudo o que ela era, além das partes de seu corpo tomadas contra sua vontade por um instante, tudo isso não era o bastante para prosseguir?, para sustentar o peso de uma noite miserável? Mesmo seu corpo, o qual continha muito mais do que aquele homem pudera tocar, não era o bastante? E o que ele tocara, estava mesmo perdido? Para o noivo, todas as possibilidades de vida comum dali em diante não valiam mais do que o sexo de outro homem em sua mulher? De outro macho da espécie em sua fêmea? Tratava-se o impasse de uma simples disputa animalesca entre ele e o outro? De que maneira poderia sair vencedor, então? Ele disse que sempre se lembraria... mas lembraria de quê, se nem assistira ao ato?! Se nem estava presente quando ela sofreu sozinha... Lembraria de algo imaginado? Essa imagem de fato acobertaria tudo o que aquela mulher era para ele até então? Inundaria tudo, inclusive o amor? O amor era algo diferente daquilo a que ela dera o nome de amor?

Ela sabia. Ele ainda poderia abandoná-la, ir para longe dela, onde não houvesse nada daquilo. Nada daquela carne aberta, daquela penetração facínora, daquele assalto. Ela, porém, jamais poderia abandonar o próprio corpo. O corpo invadido, exposto, abandonado. Aquele criminoso ficaria para sempre dentro dela? Estava condenada? Era o estuprador ou o noivo quem a condenava?

— Eu acho que eu não ia conseguir conviver com isso. Eu ia ficar lembrando e... mais cedo ou mais tarde...

— Você ainda tem escolha... — Ela recolheu-se um pouco. — Você pode ir embora, me deixar... Sair deste pesadelo... Eu não.

— Eu sei. É que... é que... se as coisas pudessem ser diferentes, eu...

— Não podem mais.

— Eu sei.

— Não dá pra apagar o que aconteceu — ela concluiu, mais séria.

Essa verdade era justamente o risco traçado a separá-los, a fronteira entre os dois. Não estavam apenas abandonados em um território estranho; estavam, além disso, tomando direções opostas. Ela procurava seguir adiante, transpor essa divisória; ele lhe dava as costas, tentando regressar a um caminho que nunca mais o conduzisse a esse ponto dramático. O crime o afetara como se contivesse algo mais que um ataque físico ordinário e cruel. Ao pensar nele, nos corpos atracados, sentia centenas de pássaros negros se debatendo dentro de seu peito. Não sabia exatamente qual era a diferença, mas não era simplesmente como se sua noiva tivesse sido sequestrada, furtada, ou algo assim. Num exercício mental, buscando respostas para sua sensação, tentou separar em partes o ocorrido, tentando encontrar o ponto preciso que o incomodava e, talvez, eliminá-lo. Começou imaginando como reagiria se o delito tivesse sido outro. Percebeu que se ela tivesse sido espancada, por exemplo, se estivesse em um leito de hospital agora, seria mais simples para ele. Mesmo que os danos no corpo dela tivessem sido mais graves, ainda assim, seria mais fácil de lidar. Um golpe de faca ou um soco sofrido não trariam esse gosto adstringente de pecado erótico — seria agressão pura; não haveria uma comunhão, um prazer carnal obtido pelo outro. O outro, que poderia zombar dele para sempre em seus pesadelos. Ele parou de divagar ao se deparar com sua infeliz noção de que, mesmo que tivessem introduzido a faca em sua vagina — mutilando-a por dentro —, para ele seria menos repulsivo. Mas o sexo, a carne penetrada pela carne... o corpo usufruído... isso era insuportável. Sabia que não era justo de sua parte, mas algo nele simplesmente o impedia de absorver aquele crime. Não restaria mais nada dos dois dali em diante. Aquele sentimento não lhe dava trégua; era como um ferrão atravessando sua medula. Ele ainda vacilou um pouco antes de prosseguir em sua exploração mental do estupro; previa ser arriscado assumir externamente esse caminho. No entanto, decidiu tentar:

— Você conhecia o cara que...?

Como se concluísse o trabalho iniciado por aquele outro homem, ele violava partes dela que o criminoso jamais poderia alcançar. Mesmo matando-a ou abrindo-a inteira, aquele estuprador nunca teria acesso ao que nela apenas o homem amado pode tocar. Isto, justamente este homem — o noivo dela — violentava, feria profundamente. Ela enxugou as lágrimas com as mãos repletas de escoriações; seu choro se converteu em... raiva? Um trovão a atravessou por dentro, um vento forte carregou seus sentimentos para outro lado; ela chovia oblíqua:

— Como você pode pensar isso?!

— É que eu... — Ele se assustou um pouco, nunca a tinha visto esboçar o menor sinal de agressividade.

Ela se virou para a porta do carro e puxou a trava repetidas vezes, tentando abri-la. Sem sucesso e desamparada, tombou a cabeça sobre a janela chorando. Pediu, quase sem voz:

— Destranca essa porta...

— Calma, amor... espera...

— Você... você...

— Olha, amanhã a gente conversa, você não tá...

— Não... Não... Não... — repetia, transtornada.

— É melhor...

— Não tem amanhã, Pedro! Você sabe disso! — ela rompeu.

Ele se calou novamente.

— Vai embora, Pedro... vai embora... Abre essa porta, deixa eu sair...

— Não, espera... — ele disse, enquanto destravava o carro.

Espiral

...mas, só de avistar a casa, o alívio. O cansaço nas pernas, o sol lhe intimidando os olhos, o peso daquelas sacolas plásticas — cujas alças retorcidas entre os dedos pareciam tentar rompê-los —, tudo isso chegaria a seu termo; o lar a confortaria e a protegeria, como se suas paredes divisassem o sofrimento da paz. O supermercado, do qual retornava, é um dos poucos lugares aonde ia, e só o fazia por necessidade. Frequentemente essa mulher sonhava em poder viver para sempre dentro de casa; fazer do lado de fora um país distante, esquecido.

Exalou um suspiro ao chegar. Curvou-se então, apoiando o ombro direito contra a superfície metálica do austero portão para, com o cotovelo do mesmo braço, empurrar a trava. Destrancou-o, empurrou com esforço, e a imensa estrutura se abriu para o lado da rua, conduzida também pelo próprio peso. O trinco inferior se soltou, remarcando seu risco na calçada de concreto. A aflição causada pelo ruído do arranhão áspero e grave a fazia amaldiçoar aquele portão toda vez que o abria, mas nunca a levava a segurar o trinco levantado para evitá-la. Para fechar o portão de volta, colocou o peito do pé por baixo dele, fazendo uma alavanca. A sua base, devorada pela ferrugem como uma folha pela praga, deixou sobre o pé da mulher uma poeira ocre, que ela olhou com desgosto. Algumas vezes lhe acontecia, inclusive, de cortar-se ali, em alguma sobra pontiaguda do metal roído. Quando isso acontecia, ela passava muito mertiolate na ferida aberta, chorando baixinho, escondida do filho, pela dor e pelo medo de que a oxidação se disseminasse dentro dela também.

Era obrigada a encarar amiúde esse portão adverso porque, alguns anos antes, o então marido decidira comprar esse imóvel para transformá-lo em sua oficina mecânica. "Marido" era como ela o denominava, mas nunca oficializaram a união para não interromper o recebimento da pensão de seu falecido pai, a única fonte de renda. Agora, o cônjuge já fora embora havia muito tempo, deixando-a para trás com um opressivo portão e pilhas de carcaças, ferragens, maquinários e tantas outras coisas que apenas se oxidavam silenciosamente. Ela, às vezes, temia ser apenas mais uma das velharias abandonadas por ele, entregue a uma lenta e indiferente corrosão.

Imaginava-se morando em um lugar diferente algum dia, mas nunca chegou de fato a procurar outra residência; tinha apenas uma vaga sensação de que no futuro estaria livre de tudo aquilo, como se isso fosse uma coisa que simplesmente *acontece* a uma pessoa.

Assim como sentia ter *acontecido* de ir parar ali, a única casa para a qual tinha se mudado na vida. Quem cuidou de todo o processo foi o antigo companheiro; ela guardou apenas a lembrança do dia em que assinou os papéis trazidos por ele e saiu da casa onde nascera e morara com o pai até seu falecimento. Tinha a sensação de que ainda voltaria para lá, como se sente o movimento em um membro amputado, mas os dias vividos entre aquelas ferragens monstruosas foram se acumulando.

Ela não se incomodava que as coisas mudassem sem sua interferência, muito pelo contrário: preferia assim, quando sua vida parecia guiar a si própria, isentando-a da necessidade de esforços para conduzi-la. Tinha a sensação — evitando exigir qualquer coisa da vida ou de si mesma — de que as coisas tinham sua própria inércia, o próprio tempo, e de que algo em seu rumo estava sempre se alterando intrinsecamente, mesmo que fosse pouco. Podiam ser apenas pequenos detalhes, como uma palavra do filho ou uma tarde em que chovia e tinha que correr para tirar as roupas do varal, mas não deixavam de ser uma vivência. Sua existência não era simplesmente como andar em círculos sem sair do lugar. Vivia numa espiral?

Atravessou o extenso gramado do quintal, onde os automóveis em reparo costumavam ficar. Seus sete cães pulavam sobre ela com as patas sujas de terra, querendo atenção e um pouco da comida que farejavam nas sacolas. Entrou na casa com esforço, fechando a porta contra os corpos ávidos dos cachorros e desejando que não fossem tantos (embora, se lhe oferecessem levar algum embora, ela provavelmente não teria coragem de abandoná-lo, ou mesmo ser abandonada por ele). O "marido" trouxe o primeiro deles, um macho de três cores; o filho do casal logo quis uma fêmea para lhe fazer companhia e, em meio a crises de choro pela solidão do bicho, teve seu pedido atendido no aniversário de 22 anos. O par formado, então, teve a primeira cria: três filhotes, todos machos. Um tempo depois, o cão mais velho morreu, atropelado no próprio quintal por um cliente que, ao saber da partida inexplicada do mecânico, tirou o carro da oficina abruptamente.

Nessa mesma época, ela — ainda perplexa pela subtração de um marido, um cão e uma oficina de sua vida — se deparou com uma nova prenhez da cadela. O fato de ela resultar, obviamente, de um cruzamento com um de seus próprios filhos assustou e enojou a mulher. Ela passou a gritar e a agredir os cães sempre que via algum deles subindo sobre o outro, mesmo quando era claro se tratar apenas de brincadeiras entre filhotes. Isso não impediu que eles continuassem procriando entre si, longe da vigilância dela, e agora, desses sete que estavam ali, ela já nem sabia mais ao certo quais eram os pais de cada um, quais eram irmãos ou quais mantinham os dois laços ao mesmo tempo. Passara a distingui-los apenas entre machos e fêmeas, como se não houvesse neles nada mais do que isso e suas implicações naturais.

Colocou as sacolas sobre a mesa da cozinha, retirando e separando as compras. Caminhou até a geladeira para guardar os frios e percebeu que em sua base começava a surgir o cancro da ferrugem. Assustou-se ao perceber que a oxidação passara a atacar também o interior da casa, proporcionando às suas coisas e às do antigo companheiro o mesmo destino trágico, sem diferenciar a retribuição pela conduta de cada um. Teve vontade de chorar, mas reteve as lágrimas e rumou para o quarto do filho em busca de apoio, de algo que lhe mostrasse haver, sim, as recompensas por não ser o abandonador. Abriu a porta que dava para a sala, fechando-a após passar, acendeu a luz do cômodo e seguiu para o corredor na penumbra, pois, apesar de ser 4h30 da tarde, a casa se encontrava, como sempre, com as janelas todas fechadas, encarcerada na própria escuridão.

Encostou-se à porta do quarto do filho, enternecida simplesmente por ter um filho e seu quarto; algo nela sempre se comovia com a proximidade dele. Ouviu, por trás da porta, os gemidos femininos e a música dançante; bateu três vezes — um código entre eles — e abriu-a lentamente. Adentrou no quarto a tempo de ver a tela da televisão se apagando e perceber um movimento súbito do filho sob as cobertas. Sussurrou o nome dele, mas não teve resposta. Ele ficava quase o tempo inteiro ali, mal saía da cama; tinha sua televisão, seus filmes, o próprio banheiro, e isso parecia ser o bastante. O quarto e o rapaz, após tanto tempo comum, pareciam um único organismo, cobertos por uma mesma pele calorosa e úmida. Ela ficou imóvel por um tempo, envolta pela respiração e pelo olor do ambiente, observando o filho, em silêncio. Não queria perturbá-lo, invadir seus limites. Ele era o que tinha de mais precioso; era o amor puro, o que nunca a abandonaria, e por isso ela nunca deixara de ficar fascinada por ele. Seu quarto era como a gaiola de um bicho querido, onde parecia sempre predominar aquele cheiro que tem o amor quando expelido pelo corpo de um homem.

Fechou a porta cuidadosamente e saiu, sentindo-se agraciada o suficiente. Tinha consciência, sim, de que o filho era *diferente* e sustentava ser essa a razão de não querer exigir nada dele, de dar-lhe tudo o que podia, sem pedir nada em troca. Já tinha ouvido de algumas pessoas — inclusive do antigo companheiro — que essa relação excessivamente protetora não era consequência dos problemas do filho, mas justo sua causa. Isso apenas a fazia pensar que realmente ela e o filho eram os únicos que podiam compreender o que partilhavam. Além do mais, acusações dessa natureza a irritavam muito, sobretudo quando o moço as presenciava, e isso fez com que ela, cada vez mais, evitasse expô-lo às pessoas. Como podiam esperar dela que desse menos amor do que estava disposta a dar?

Foi para a sala, sentou-se no sofá e ligou a televisão; ainda era cedo para preparar o jantar. O filho surgiu na porta, cumprimentou-a, e ela retribuiu com um sorriso. Ele usava aquele pijama que, além de vestimenta, lhe servia como um pano onde se limpava. Pequenas manchas e crostas brancas — formadas de ranho, saliva, comida e sêmen — se espalhavam sobre o moletom. A mãe evitava lavá-lo, pois sabia que o filho não gostava de ficar sem ele. O jovem deitou-se, com a cabeça no colo dela, e o tamanho e o peso dele a surpreenderam mais uma vez. O corpo dele ficava cada vez maior e mais forte, enquanto o dela parecia diminuir e enfraquecer. Suas pernas já não podiam mais comportar a cabeça dele, bem como o sofá já não era grande o bastante para acomodar seus pés, deixando-os para fora. Teria que comprar um sofá maior?, ela pensava enquanto acariciava seus cabelos como se ele tivesse acabado de nascer. Esses momentos em que os dois ficavam juntos, para ela, eram a alegria da vida, davam sentido a tudo. Eram delicadas curvas de sua espiral.

Ele se levantou, dizendo que ia tomar banho. Ela se afligiu um pouco e, como em um pedido de desculpas, perguntou:

— Eu te acordei?

— Não... eu... nem vi a hora que você foi no meu quarto! — ele respondeu com sua fala grave e inábil.

A mãe, então, teve dúvidas se realmente tinha visto a televisão desligando-se e o corpo dele se movendo; achou que podia ter sido apenas uma ilusão. Após a saída dele, foi para a cozinha preparar o jantar. Logo que entrou, pôs os olhos de novo na ferrugem da geladeira, dando margem a um novo mal-estar. Ainda incomodada, colocou uma panela com carne no fogo e foi à pia, para lavar as verduras. Logo ao abrir a torneira, viu, pela janela em frente, um dos cães subir sobre o outro no quintal, para copular. Perdeu o fôlego por um instante, mas logo soltou um grito inútil e arremessou neles o cestinho de lixo, por ser a primeira coisa a seu alcance. O objeto atingiu a fêmea em cheio, que fugiu ganindo. Os restos de comida que se espalharam do cesto atraíram os outros cães, iniciando um pequeno alvoroço. A mulher correu para fora, enxotando-os aos gritos, arrependida de ter jogado justamente o lixinho. Ao agachar-se para recolher os resíduos, deparou-se com o olhar da fêmea atingida. Adivinhou nos olhos vermelhos e úmidos da cadela uma dor silenciosa: Será que é sinal de...?, indagou a si mesma, sentindo remorso pela agressão e temor. Consciente de não haver como pedir perdão de uma forma que a cadela pudesse compreender, levantou-se rapidamente e voltou para dentro de casa sem obtê-lo. Teve uma pequena vertigem ao caminhar. É ela, sim, concluiu. Referia-se à *solidão*, cujos sintomas ocasionalmente atacavam, vorazes, a mulher, feito uma doença crônica. A solidão em uma pessoa é como a ferrugem nos metais? Não devia ter saído.

Adentrou na cozinha, fechando a porta contra os corpos ávidos dos cachorros que ainda ansiavam pelos restos de comida no cesto de lixo. Tentou amparar-se de alguma forma na casa; tinha vontade de chamar pelo filho, mas não queria assustá-lo com aquilo. Não queria expô-lo jamais ao martírio da *solidão* e, além do mais, acreditava que, para proporcionar-lhe sensação de segurança, era preciso manter uma imagem imaculada — livre de fraquezas e humanidades vulgares. Encostou-se ébria à parede, buscando a infalível proteção do lar, e ouviu, então, por trás do concreto, o som da água correndo pelos canos em direção ao chuveiro do filho. Havia muito tempo, o banho dele passara a ser um território proibido para ela, cujo esposo esclarecera o fato de o filho ter se tornado um homem, com suas coisas de corpo de homem a serem feitas naquele momento particular. Mas agora, posicionada ali, escutando aquele jorro, sentindo levemente a vibração ressoar no interior de seu crânio, ela sentia o restabelecimento de uma ligação perdida, a remoção de uma segregação entre eles. O fluxo — cujo ruído parecia deixar entre os dentes um leve gosto da ferrugem dos canos — cessou, e ela soube imediatamente que ele terminara. Sorriu enlevada; acompanhava-o mesmo onde não podia estar. Como não pensara nisso antes?! A vida nos surpreende muito, mesmo nas pequenas coisas. Era tão bom aquilo... Pensou que passaria a participar do banho dele todos os dias. Era a curva de uma espiral? Com certeza era.

Voltou jubilosa para a sala, sentou-se no sofá e ligou novamente a televisão enquanto a carne cozinhava na panela. Ele chegou e deitou-se no colo dela, vestindo o mesmo pijama manchado, repetindo o mesmo gesto. Seu cheiro reconhecível permanecia quase inalterado após o banho, apenas parecia umedecido, como debaixo de chuva. A alegria dela, reforçada por tê-lo ali, sofreu um pequeno revés, no entanto, ao notar os olhos vermelhos e úmidos dele. Lembrou-se do olhar da cadela atingida e, ainda movida pela *solidão* que vibrava em seu corpo, teve medo por não saber ao certo se o filho havia chorado no banho ou apenas esfregado os olhos com força demais. Estava triste? Poderia ser por causa da... Tentou manter a discrição ao indagar-lhe:

— Filho, você é feliz?

— Sou, sim, mamãe.

Ela permaneceu um tempo em silêncio, buscando uma maneira de certificar-se dele sem precisar usar aquela palavra que não gostava nem de falar.

— Você sente falta de alguma coisa? — Temia que ele mencionasse o pai; como explicaria, se o fizesse?

— Ah, mamãe...

— Você sabe que a mamãe é sua melhor amiga... Você pode me falar qualquer coisa.

Ele ficou calado, parecia pensar em alguma coisa que preferia manter para si. Ela se incomodou, pois percebeu que ele também poderia ter seus segredos — coisas das quais ele a mantinha apartada. Assustava-lhe muito a ideia de haver algo dele que ela desconhecesse, algo ao qual não tivesse acesso permitido. Sabia que nada pode ficar sem receber atenção, sabia o destino das coisas abandonadas.

— Eu queria ter uma namorada. — Ele interrompeu os pensamentos da mãe, cuja associação de alegria e medo adquiriu um novo aspecto: por um lado, ela se aliviou pela confidência do filho, mas, por outro, temia ser essa vontade um novo sintoma da *solidão* que empestava a casa. Além do mais, ainda sem plena consciência disso, receava que uma namorada pudesse representar o fim do amor único e constante entre eles.

Ele a abandonaria para viver com uma outra mulher? Buscou investigar:

— Mas pra que você quer uma namorada?!

— Ah... pra eu ter alguém pra amar.

— Mas você não ama a mamãe?

— Amo... mas é diferente...

— Por que é diferente?

— Porque eu queria uma mulher... assim... pra eu amar ela e ela amar eu também. Que nem homem e mulher mesmo, sabe?

— Mas a mamãe te ama, e você ama a mamãe.

— Mas a mamãe não é uma mulher.

Ela não soube o que responder. Teve vontade de dizer ao filho que era, sim, uma mulher —, como outra qualquer —, mas não quis confundi-lo. Ele era *diferente,* e o modelo de mulher ao qual estava acostumado era... *singular.* Não quis se arriscar a quebrar o mito sobre si mesma; se, para ele, a mãe era algo diferente de uma mulher comum, isso a cobria de uma aura especial, divina. Livrava-a da condição humana, da condição feminina. Seria melhor manter as coisas assim? Se assumisse sua feminilidade, ele pensaria que ela é como uma daquelas dos filmes...? O filho se levantou, retornando para o quarto; parecia um pouco transtornado — talvez a revelação o deixasse envergonhado. Ela tentou pensar em algo para dizer que servisse como um pedido de desculpas, mas não conseguiu. Ficou sozinha novamente, encerrada na sala de janelas fechadas. Não era mais uma mulher, então? Sabia que o pior da solidão era isso: não ter outra pessoa para lhe servir como medida. Uma pessoa que diga se você está fazendo a coisa certa, se é uma boa mãe ou não, se é uma mulher ou não. A solidão é um lugar sem espelhos. O filho, mesmo sendo *especial*, era o único apto a lhe dizer quem ela era agora? Se ele não a enxergasse como uma mulher, ela o deixaria de ser? Não havia mais ninguém ali para lhe certificar sua feminilidade a não ser ela mesma, mas... é suficiente para uma pessoa o que ela pensa de si mesma? Ela sabia que não. O que poderia fazer? Voltou a sentir uma leve vertigem e foi deitar-se em sua cama. No caminho, ainda parou em frente da porta do quarto do filho, mas não quis bater. A panela com a carne ficou no fogo.

Acordou em sobressalto, só então percebendo que havia adormecido. Sentiu o corpo enrijecido ao se levantar e se perguntou, ainda confusa, por quanto tempo dormira. A casa, sempre imersa na escuridão, nunca distinguia a noite do dia. Ela seguiu para o corredor e, sonolenta, abriu a porta do quarto do filho sem bater. Após entrar e vê-lo deitado, percebeu ter entrado ali sem nem saber o porquê. Que horas eram? O cheiro no ambiente estava muito forte, e ela, entorpecida de sono, associou aquele odor ao que fica num quarto após o amor feito. A combinação de suor, sêmen e... faltava algo, no entanto. Não, não era cheiro de sexo — por que pensara isso?! Devia estar ainda parcialmente desacordada, fixada na ideia da namorada que ele revelara desejar. Ao constatar isso, recordou subitamente o sonho do qual acabara de despertar: assistia, da porta de casa, ao filho ir embora com uma garota e suas bagagens, quando os cães avançaram sobre os dois, devorando-os logo que pisavam a calçada. Balançou a cabeça, transtornada, tentando afastar esses pensamentos, e foi para a cozinha, através do corredor escuro. Ao chegar lá, abriu a porta e percebeu, por ser o único lugar da casa onde entrava luz natural, que era dia. Olhou para o relógio da parede — marcava 7h20. Dormira por uma noite inteira?! Viu a panela e sentiu um temor súbito, lembrando que havia deixado o fogo aceso. Correu em sua direção sem refletir, quando percebeu que, obviamente, alguém desligara o fogão. Pensou no filho e, antes de considerar que ele se cuidara sozinho, preocupou-se por tê-lo deixado sem jantar. Será que ele tinha dormido com fome?!, martirizou-se. Voltou apressadamente para o quarto dele, abriu a porta bruscamente, dirigiu-se à cama e sentou-se a seu lado. Chamou-o, quase aos prantos:

— Filho?!

— Oi...? — ele respondeu, entredespertando.

— Filho, você dormiu sem comer?!

— Não... eu comi umas coisinhas que tavam no armário...

— Oh, meu filho, você me perdoa? — Ela o abraçou, em lágrimas.

— Tá tudo bem, mamãe...

— Perdoa a mamãe, filho! A mamãe não passou bem...

— Tudo bem, mamãe... não chora.

Ela o agarrou com força, percebendo que pela primeira vez chorava na frente dele. Estava expondo sua fraqueza: não era nenhuma divindade; era apenas uma pessoa, um ser humano. Estimulado pelas lágrimas dela, ele passou a chorar também, e ela teve a sensação de estarem ambos caindo em perdição. Passou as mãos nervosamente pelos cabelos oleosos dele, esfregou-as sobre seus braços, seus ombros, seu peito. Era enorme, muito maior do que ela; teve a impressão de que era impossível ele ter saído de dentro de seu corpo. Estavam se abandonando aos poucos também? Não, não podiam fazer isso jamais! Ela o agarrou com força, como se ele fosse a salvação de um naufrágio; subiu com as pernas sobre a cama, aproximando seu corpo inteiro do dele. Esbarrou, então, sem querer, em seu membro rígido, ereto sob as cobertas, e contraiu-se em susto e estranhamento, descendo da cama.

Ao afastar-se, sentiu que existiam, sim, as coisas que os separavam, os territórios interditos de cada um. As aspirações eróticas dele, a falha humanidade dela — era a falta de partilhar essas coisas que os apartaria cada vez mais? Deixar de comungá-las era justamente a forma de abandono mútuo a condená-los? Ela chorara na frente dele, fraquejara, e ele a acompanhou em amor; talvez existisse ainda um outro caminho possível. Quanto mais próximas a seu centro, mais estreitas são as curvas de uma espiral.

Já na porta do quarto, arrumando a própria saia, ela prometeu preparar o melhor café da manhã que ele já teve, para compensá-lo. Foi para seu banheiro, lavou o rosto com muita água e, esfregando-se com força, tentou despertar de vez daquelas sensações. Viu no espelho em frente seus próprios olhos vermelhos e úmidos. Virou-se, como se quisesse esconder-se, e deixou o banheiro. Passou pela porta do quarto do filho, parou um pouco, encarando-a, e seguiu para a cozinha. Deparou-se novamente com a luz matinal, ainda abalada, e, ao tirar uma maçã da geladeira, deixou-a escapar da mão, derrubando-a contra a base oxidada do eletrodoméstico. Pegou o fruto no chão e percebeu em sua casca a marca alaranjada do mal. Caminhou para a pia, pensando em lavá-la, em dúvida se conseguiria remover a ferrugem com a água — justamente o que a causa, em geral. Abriu a torneira sobre a maçã e constatou que sim.

Voltou a chorar enquanto preparava o desjejum do filho; estava perdendo a orientação, o chão que sabia pisar. Ainda era uma mãe? Uma mulher? Poderia ser as duas coisas ao mesmo tempo? Enxugou as lágrimas e viu, pela janela em frente, um dos cães subir sobre o outro no quintal, para copular. Eram os dois únicos que ela sabia serem mãe e filho, por não serem malhados. Sofreu a aversão costumeira a princípio, mas estava tão transtornada que não encontrava forças para reagir. Apenas testemunhou o ato apaticamente, sem mais tentar impedi-lo. Pouco a pouco, foi se entregando à comodidade de não lutar contra aquilo, sentindo aquele bem-estar de não se responsabilizar, de deixar as coisas acontecerem apenas por si mesmas. Acompanhou o acasalamento dos dois com o olhar difuso, não enxergando naquilo absolutamente nenhum significado além do fato de serem um macho e uma fêmea a cruzar. Simplesmente dois corpos acoplados, e o agrado efêmero que isso proporciona; peles em contato sem um valor ético ou moral agregado, sem uma intenção secundária. Os dois cães se separaram indiferentes, como sucedidos de um ato tão ordinário quanto comer ou dormir. A mulher, em meditação, teve a sensação de que o silêncio da casa aumentara de repente. Depois compreendeu que, na verdade, escutava o vazio deixado pelo cessar do fluxo de água no encanamento. O filho encerrara um banho do qual não participara; ela havia perdido mais. A cadela, do lado de fora, levantou a cabeça em sua direção, tirando-a do transe, e dessa vez a mulher não enxergou a *solidão* nos olhos dela.

Largou a maçã sobre a pia e seguiu para o quarto do filho, sem nem fechar a torneira. Atravessou a sala e o corredor sem acender a luz — não precisava dela para se guiar dentro da própria casa. Deu os três toques costumeiros à porta e abriu lentamente, mas sem vacilar. Sentiu que voltava a se comunicar com ele, como havia muito tempo parecia não fazer, embora tivesse sido apenas um dia. Precisava restabelecer o elo definitivamente. O quarto fechado parecia respirar com o filho, exalando seu cheiro, seu calor. Ela adentrou; ainda era possível ouvir, por trás das paredes, o som da torneira jorrando sobre a pia da cozinha. Aproximou-se do imenso corpo imóvel e passou a mão sobre os pelos do cobertor a envolvê-lo; parecia acariciar um animal selvagem. Deitou o rosto sobre o ombro dele e, com o nariz encostado a seu braço, inalou-o profundamente enquanto removia aos poucos a coberta. Estava desfazendo os segredos, as distâncias, as distinções entre as categorias de carinho e de comunhão. Não havia mais ninguém para lhe dizer que não podia dar todo o amor que estava disposta a dar. Descobriu-o até os joelhos, revelando a calça do pijama abaixada, o pênis ereto ao léu. Ele se contraiu um pouco, não sabia como lidar com aquela nova situação aparentemente contraditória: nunca discordara de sua mãe, bem como nunca a participara de seu universo sexual. Ela o abraçou com força, proporcionando-lhe segurança. Aquilo era ter uma mulher o amando? Ainda não. Ainda era preciso cumprir completamente o papel que uma mulher teria para ele. Ela segurou seu órgão rijo como a raiz de uma árvore e sentou-se com as pernas abertas sobre ele. Era uma mulher entregando sua humanidade enquanto dava a um homem que ama a sua possibilidade de satisfação. Era a plenitude dos dois? Ele suspirou ao penetrá-la e abriu os olhos, assustado. Ela passou os dedos carinhosamente sobre suas pálpebras, cerrando-as: dava-lhe o direito de não ver. Ele, então, a penetrou mais fundo. Ela suspirou e flexionou ainda mais os joelhos, entregando-lhe a namorada que ele tanto queria. Movia-se sobre o corpo dele, criando a força motriz de um enleamento mútuo. Não haveria mais nada neles que não pertencesse inteiramente aos dois. Isso era a próxima e inevitável curva do amor? Ele gozou, retendo um gemido entre os dentes. Estava feito.

Ela se deitou ao lado dele e ergueu-lhe a calça, cobrindo-o carinhosamente. Aspirou profundamente o novo cheiro do quarto, que afinal parecia completo. Sentiram que haviam chegado ao núcleo de si mesmos. Não havia mais nada no meio deles, não havia mais nada além. E...? O centro de uma espiral é seu fim após a crescente aproximação ou o seu início em contínua expansão?

Adormeceram sem dizer nada um ao outro.

A casa iluminada

Uma segunda-feira qualquer de junho. Seu Garcia, sempre o primeiro a chegar, dá início aos rituais locais. Ergue a porta metálica de sua banca de jornal, tentando, sem sucesso, evitar os pingos gelados que se desprendem dela. O frio intenso da manhã e o sono lhe mastigam os músculos; nem seu corpo nem o dia parecem dispostos a despertar. Cada uma das tarefas — distribuir os jornais nas prateleiras, colocar o dinheiro de troco no caixa, organizar as revistas — é acompanhada por baforadas e resmungos. Com os olhos espremidos pelo sol branco, observa o céu, tentando prever se choverá novamente. Quando baixa o rosto em direção ao outro lado da rua, o susto.

— Que é isso?! — falou alto para si mesmo. A resposta, porém, veio de outra pessoa: dona Célia, que chegava para abrir seu salão.

— Isso o quê, seu Garcia? — Ela não notara ainda.

— Ah! Oi, dona Célia... bom dia! — Estava meio atrapalhado. — Me desculpe, nem tinha visto a senhora chegar. Veja só! — ele disse, apontando a casa em frente.

— Nossa!... O que é isso? É o que eu tô pensando?!

— São luzinhas de Natal, não são?

— Pois é, parecem ser.

— Mas luzinhas de Natal em junho, dona Célia?!

— Estranho, né? Como tem gente apressada neste mundo!

— Mas aí já é demais! Agora, de dia, até que não dá pra perceber muito, mas imagina à noite... só vai dar essa casa toda acesa!

— Bom, aí talvez percebam o ridículo e tirem. Ou a gente pode até tentar falar com... O senhor conhece quem mora aí, seu Garcia?

— Não, e a senhora?

— Também não... Essa casa ficou vazia tanto tempo, né? Acho que até já vi alguém entrando e saindo, mas não tenho certeza.

— É, eu também... Bom, vamos esperar... Às vezes tem uma razão pra isso, não sei... Vamos esperar chegar a noite, ver se aparece alguém ou qualquer coisa assim... A casa não vai ficar aí, assim, sozinha e toda acesa, né?!

— É, vamos esperar.

Os dois passaram o dia inteiro atentos à casa coberta de luzes natalinas, mas não viram nenhum sinal de movimentação nela. Alguns fregueses e transeuntes indagavam sobre aquilo, mas, por ser uma área comercial, deserta nos fins de semana, ninguém tinha visto as lâmpadas sendo instaladas. Ante a ausência de uma explicação, alguns tentavam adivinhá-la ou mesmo inventá-la, o que deu origem a uma série de mitologias locais: espíritos, milagres, traficantes e produções televisivas eram citados como os responsáveis, entre outras coisas. Muitos, no entanto, apenas olhavam a casa e davam de ombros — que importância tinha aquilo? Com tanta coisa pra se preocupar na vida... Houve, inclusive, aqueles que passaram bem diante dela e, mesmo alcançados por sua luz, não a perceberam.

Apesar da incompreensão, ou mesmo do desprezo de uns, a novidade se espalhou rapidamente de boca em boca. Logo, todos os trabalhadores e frequentadores das redondezas sabiam da casa coberta de lâmpadas acesas. Chegavam pessoas de outras vizinhanças também, curiosas por aquele fenômeno. Muitos filmavam e tiravam fotos, com celulares e afins em meio a risos e suspeitas. Dentro da casa, porém, nada se revelava: ninguém entrou ou saiu.

As horas passaram sem novidades. Não era possível dizer que nada se alterara na casa apenas porque, conforme o céu escurecia, ela reluzia cada vez mais. Seu Garcia não conseguiu trabalhar direito o dia inteiro, distraído com aquilo. Admirado, explorava o assunto com todos que passavam. Graças à sua posição privilegiada — bem em frente da casa — e à sua obsessão com o fato, tornou-se a fonte principal de informações, a torre de vigia.

Anoiteceu completamente, enfim, e a casa se glorificou. Se antes ela podia passar despercebida, por causa da claridade do dia que a ofuscava, agora se tornara grandiosa e inegável. No meio de uma rua mal iluminada, no meio do comércio fechado, no meio de junho, a casa resplandecia. Era um espanto total.

Com o impressionante alvorecer do sobrado, a multidão de curiosos aumentou drasticamente. Seu Garcia, mesmo após fechar a banca, permaneceu ali para ver se algo acontecia: a aparição de algum morador ou de uma explicação para aquele fenômeno. Aquela casa era muito mais fascinante do que qualquer outra, inclusive a morada de cada um. No bar ao lado da banca nunca houve tanto movimento; foi nele que se concentraram os curiosos, atraídos por beber ou comer algo enquanto esperavam o desenlace do mistério. Seu Garcia sentou-se ao balcão, pediu uma cerveja e virou-se de frente para a casa iluminada. Após horas sem nenhum revés na história, no entanto, o público presente começou a se cansar, perdendo a esperança e a disposição de aguardar por um desfecho.

— Ah, gente, vamos pra casa! Não vai aparecer ninguém! — adiantou-se o Matheus, da casa de carnes. Seu Garcia ainda queria ficar mais, mas ao notar a saída de todos, ficou sem jeito e pediu a conta.

No dia seguinte, o dono da banca chegou de forma completamente diferente da habitual: estava desperto e afoito, ansioso por saber se algo acontecera. A casa continuava exatamente do mesmo jeito: inteiramente acesa, coberta de luzinhas. Encontrá-la intacta proporcionou-lhe um certo alívio. Passara quase a noite inteira acordado, revirando-se na cama, arrependido de ter abandonado a vigilância — e se algo acontecesse em sua ausência? Estranho era ter a sensação de que tudo estava em ordem justamente porque o absurdo se mantinha inalterado.

Outro dia inteiro se passou, quase igual ao anterior: nada de morador, nada de explicação. À noite, mais uma vez no boteco lotado, seu Garcia proclamou, antes que o público perdesse a paciência novamente:

— Bem, se a montanha não vem a Moisés, Moisés vai à montanha! — Com convicção, anunciava seu ato heroico; mudava a História — a sua, a da casa, a da montanha, a de Moisés e de Maomé. Atravessou a rua com passos firmes. Todos os curiosos alojados no bar esticaram o pescoço para assistir, apreensivos. Alguns até se preparavam para uma eventual briga, segurando com punho firme qualquer objeto que pudesse ser usado como arma — ansiavam por algo que a tornasse necessária? Algumas mulheres, por sua vez, mordiam os lábios, como se em silêncio pedissem cautela a seu Garcia e proteção aos céus — ansiavam pelo motivo para isso? A casa apenas brilhava, silenciosa. Seu Garcia, conforme se aproximava, era cada vez mais coberto pela luz irradiada, o que lhe dava um certo ar de santidade. Celestial, tocou a campainha.

Nada.

Tocou de novo. Nada.

Apertou o botão com força. Não fazia diferença: nada. Apertou várias vezes repetidamente: nada, nada, nada. Manteve o botão pressionado por um longo tempo; o ruído ininterrupto era o teste final. Nada...

Tentou, então, espiar pelas janelas e pelas frestas da porta. Nada, nada, nenhum sinal de vida. Voltou para o bar, sentindo-se um pouco derrotado. Do meio da rua, já bradou:

— É impossível ter alguém lá! Se tivesse, tinha ouvido!

— Mas ninguém viu ele sair! — alguém respondeu, já configurando o morador misterioso como um homem.

— Ninguém viu ele entrar também! — outro disse, confirmando a persona.

— Vai ver que ele entra e sai de madrugada.

Todos no botequim participavam da discussão, que adquiriu ares de assembleia geral:

— É, pode ser!

— Mas vamos nos ater à questão principal — seu Garcia disse, muito calculista; estava no seu momento de glória. — Ou ele tá lá, ou num tá. Eu sei que isso parece óbvio, mas a gente precisa pensar a partir daí. Depois a gente vê, dentro de cada uma dessas duas hipóteses, quais são as possibilidades.

Seu Garcia lia muitos romances policiais durante o tempo livre na banca, aprendera alguma coisa. Notou que todos o olhavam esperando uma explicação melhor, um desenvolvimento da ideia, e prosseguiu:

— Por exemplo, se ele não tá lá, e ninguém viu ele entrar ou sair entre hoje e ontem, o que pode ter acontecido? Uma hipótese é essa que já foi falada pelo amigo ali: ele entra e sai de madrugada, quando ninguém vê. Embora me pareça um pouco absurdo que ele chegue depois de todo mundo ter ido embora e saia antes de todo mundo chegar, eu acho que é digno de ser cogitado, por causa das circunstâncias.

Isso não é mais estranho do que encher sua casa de luzinhas de Natal em pleno junho e sumir! Alguém topa passar a madrugada aqui pra ver se essa hipótese procede?

— Se eu puder ficar aqui no bar bebendo, eu topo! — disse um, aclamado pelo povo.

— Não, não adianta ficar aqui bêbado! Precisa tá alerta! — Seu Garcia liderava, mesmo sem ter sido empossado.

— Eu fico, então. — Diogo assumiu a missão. — Eu fico dentro do meu táxi, de olho. Além de tudo, é uma bela cobertura.

— É! Boa! — o povo aprovou fervorosamente.

— Tudo bem. Mais alguém tem alguma hipótese pra ele não tá lá e a gente não ter visto ele entrar nem sair? Vamos chamar isso de hipótese número dois! — O líder passou a anotar num guardanapo do bar, como em um processo investigativo.

— Ele pode ter ido viajar!

— É verdade! — todos concordaram, alegremente; era uma hipótese plausível e agradável de se acreditar.

— Também pode ser. Ele pode ter viajado, saído no domingo... e ter deixado as luzes...

— Talvez só volte no Natal! Por isso já deixou as luzinhas preparadas! — disse um, crendo-se muito esperto, porém sem convencer os outros da imagem que fazia de si mesmo.

— Bom... vamos deixar isso como hipótese... dois ponto um, tudo bem? — seu Garcia disse, conciliador; era um líder nato.

— Talvez ele tenha saído e morrido na rua! Ou sido sequestrado! Ou desaparecido, sabe?! Essas pessoas que desaparecem do nada? Acontece muito! — dona Célia acrescentou assustada; assiste a muita televisão.

— Ou talvez tenha morrido lá dentro! — outro emendou.

— Ai, que horror! — respondeu dona Célia, sentindo que morrer dentro de casa era muito mais repulsivo do que fora dela. — Imagina: o seu Garcia tocando a campainha da casa, e o homem morto lá dentro! Não gosto nem de pensar! — ela continuou, dentro de uma lógica que só ela compreenderia.

— Pois é, dona Célia, apesar de ser desagradável, é uma hipótese a ser considerada, sim. Mas me parece pouco provável que ele tenha colocado luzinhas de Natal em junho à toa, e depois, coincidentemente, tenha morrido ou desaparecido do nada.

— Talvez ele se suicidou!

— Meu Deus! — as mulheres suspiraram horrorizadas.

— O pior é que seria mais provável mesmo. Bom, deixa eu anotar tudo separado... hipótese número três pra ele não estar em casa: saiu e morreu na rua, ou desapareceu de alguma forma. Também pode ter morrido lá dentro; se foi suicídio ou não, é problema pra polícia, não vai fazer diferença agora. — Seu Garcia anotava e pensava freneticamente para seus padrões. — Mais alguém tem alguma hipótese?

— Pode ser que ele esteja em casa, e vivo, esse tempo todo; só não quis te atender...

— Talvez ele esteja deprimido!

— Pois é... ele nunca conversava com ninguém, não conhecia ninguém... morava nesta rua escura, que é um fim de mundo, onde só tem comércio... O cara, assim, endoidece!

— Bom, essas são as hipóteses, então, eu acho... — Seu Garcia tentava manter o foco. — Vamos fazer assim: durante essa madrugada, o Diogo vai ficar aqui observando. Se ele vê o morador entrando ou saindo, tá resolvida parte da questão. Se não, investigamos as outras hipóteses, tudo bem?

Todos concordaram; ou, mais precisamente: ninguém discordou.

Diogo passou a madrugada em seu táxi, estacionado em frente da casa. Foi uma sentinela exemplar, não tirou os olhos dela. Não viu movimentação nenhuma; apenas as luzes de Natal brilhavam serenamente. Em meio à madrugada silenciosa, a rua toda recebia o luzir da casa. Certa hora, Diogo acreditou estar delirando por um momento, ao ter a impressão de que a força das lâmpadas havia aumentado a ponto de iluminar a cidade inteira; era o nascer do sol. Sentiu uma leve alegria inocente: "Até que é bonito isso... Qual é o problema? Nem sei por que a gente esquenta tanto a cabeça... Taí quieta, não prejudica ninguém... Aliás, dá até uma alegriazinha na gente. As casas todas deviam ser assim: cada um colocando as luzinhas quando sentisse vontade. É bonito! Eu ia colocar sempre, eu acho... Só porque tá fora de hora é um problema? A gente estranha e tem medo só porque é diferente...", permitiu-se divagar ao fim da noite solitária e comprida.

O dia mal amanhecera quando seu Garcia surgiu, batendo na janela do táxi. Pela cara, parecia não ter dormido de novo; estava visivelmente mais abatido. A respiração funda e cansada, resultado da pressa em checar as notícias, piorava seu aspecto.

— E aí?! — perguntou, afobado.

— Nada. Ninguém entrou nem saiu, nenhuma movimentação na casa, nada. Mas eu tava pensando...

— O que que a gente pode fazer, então?

— Bom, podemos ligar pra polícia, eu acho. Talvez eles saibam o que fazer.

Seu Garcia se calou, calculando se essa era a melhor alternativa.

— Tudo bem, vamos fazer isso — concluiu, após pesar a curiosidade pelo fim do mistério contra o prazer proporcionado pelo recente papel de líder.

Telefonaram para a polícia, que, mesmo reticente perante a estranha história, enviou uma viatura. Os policiais, inclusive, se surpreenderam ao chegar ao local do ocorrido e perceberem realmente que não se tratava de um simples trote. O grupo de curiosos presentes ampliou-se, afinal sirenes costumam atrair público. Dois oficiais desceram do carro, e seu Garcia se apressou em dizer-lhes que era ele quem havia feito a ligação. Contou toda a história, satisfeito por ser o representante local novamente. Os guardas trocaram olhares e, com um simples gesto de pescoço, combinaram de bater à casa. Deram três toques fortes na porta e... Nada. Gritaram o bordão:

— Abra, é a polícia! — Nada, de novo.

Pensaram em arrombar, mas em virtude do caráter pouco ameaçador da casa, optaram primeiramente por ações menos drásticas, como, por exemplo, entrevistar testemunhas. Voltaram aos espectadores, cuja maioria estava um pouco decepcionada por não ter sido realizado o arrombamento, e anotaram seus depoimentos. Também se comunicaram via rádio com a central para pegar os dados do imóvel: quem morava ali, o que havia em seu registro etc.

Outro automóvel chegou, atraído pela história: era gente da imprensa. Na caça por notícias, costumavam escutar o rádio da polícia, e estavam muito curiosos por aquilo. Uma casa coberta de luzes de Natal em pleno junho? Dono desaparecido? Isso, com certeza, renderia uma boa matéria. Fizeram entrevistas, tiraram fotos, bolaram manchetes... Era incrível! Tanto poderia ser dito sobre o assunto, era até difícil escolher a abordagem a seguir. Seria uma história de completo mistério? Fariam um suspense com muita tensão? Dariam uma conotação sobrenatural ao caso? Seriam bem sentimentais? Aquela casa deveria ser vista como uma coisa boa ou ruim? Precisavam saber — eram formadores de opinião, afinal. Decidiram permanecer nas imediações até a noite, mesmo porque as fotos noturnas ficariam bem mais chamativas. No entanto, logo foram postos em grande desvantagem, pois só poderiam apresentar a casa iluminada no dia seguinte, e lá vinha o carro do pessoal da televisão. Desceram dele uma produtora — de baixa estatura, óculos e cabelos presos —, que se revezava apressadamente entre a coleta de informações, a checagem do equipamento e o comunicador; um câmera — reclamando que as luzes da casa iam atrapalhar a imagem — e uma bela repórter, que também criticou as luzes, por darem um tom alaranjado a seu terninho vermelho. Entrariam ao vivo, com as imagens e a história, logo no telejornal das oito. Antes da imprensa, eles apresentariam a casa iluminada ao resto do país, quiçá do mundo. Seu Garcia foi para casa, vestir uma roupa melhor.

A história, ao ser veiculada, adquiriu uma nova proporção. Cada um, em seu próprio lar, ao saber daquilo, reagia de forma diferente: alguns consideraram uma manifestação linda, bacana, espontânea; outros diziam que o governo deveria fazer alguma coisa a respeito: tanta gente passando necessidade e aquela casa assim, gastando luz. Muitos pensaram tratar-se de um novo tipo de estratégia de marketing; outros ficaram obcecados com a casa e que fim ela teria. Destes, os casos mais graves estabeleciam relações, inclusive, entre ela e as muitas profecias de fim do mundo, entendendo-a como um prenúncio. A própria exposição midiática dava à casa outros significados, deixando em muita gente a impressão de que o morador fizera isso apenas para aparecer; mas mesmo os defensores dessa teoria ficavam intrigados com o fato de ele justamente ter sumido. Muita gente, simpatizante da causa, passou a também colocar luzinhas nos próprios lares, o que deu início a uma nova moda. De norte a sul, não se falava em outra coisa. Agora, era um país inteiro a possuir uma casa coberta de luzinhas de Natal em junho, e não mais apenas um morador misterioso. A casa, etérea, pertencia a todos. Ainda importava uma explicação? Seria bem-vinda, aliás?

Chegaram mais viaturas; a transmissão televisiva proporcionou ao acontecimento o caráter de seriedade necessário para a ação efetiva da polícia. O aumento na tropa, por sua vez, funcionou como o atrativo necessário para a vinda de outras emissoras e jornais, realimentando o ciclo. Os curiosos ao redor — uma verdadeira multidão a essa altura — foram bloqueados pelas faixas de contenção, passando a testemunhar a história de longe. Focavam olhos e ouvidos à televisão do boteco, acompanhando via satélite o que se passava ali, a alguns metros. Nenhum dos guardas transmitia nenhuma informação aos presentes, não importava o quanto seu Garcia, em sua camisa nova, insistisse. Pela reportagem, os locais souberam que eles não descobriram nada relevante a respeito do morador misterioso: além de não ser conhecido por ninguém na vizinhança, ele não tinha registrado o imóvel em seu nome. O sobrado pertencera a uma mulher falecida havia não muito tempo e não existia inventário, testamento, nada. A casa, legalmente, não pertencia a ninguém. A senhora era viúva e tinha três filhos, a quem a polícia estava tentando localizar, sem sucesso. A falta de registros corretos os deixava sem pistas, mas proporcionava-lhes a vantagem de poder fazer o que quisessem, sem risco de reclamações. Decidiram arrombar.

A expectativa era grande: estaria o morador, morto, lá dentro? Poderiam finalmente vê-lo, conhecer de vez seu rosto? Será que ele havia se matado? Será que deixara uma carta explicando tudo — sua vida, sua morte, as luzes? Será que tinha uma mensagem para todos, algo a dar aos que assistiam a ele? Um grande ato, uma grande revelação, um grande gesto? Um gesto que transcendesse mesmo sua vida, seu sacrifício, em luzes de Natal? Haveria um significado oculto naquilo? Será que encontrariam dentro da casa não o morador, ou uma explicação para a vida dele, mas sim a si mesmos e uma explicação para suas próprias vidas? Será que não descobririam por que o morador acendeu luzes de Natal em junho, mas justamente por que eles mesmos também não o faziam? Será que era o espírito da velha morta que tinha feito aquilo?! A expectativa era grande. Os policiais esperaram as câmeras serem posicionadas no melhor ângulo e arrombaram.

O público assistiu aos guardas entrando na casa de armas em punho, ofuscados pelas luzes. Muitos pareciam reter a respiração enquanto os policiais não voltavam sãos e salvos. Após vasculharem todo o estabelecimento, enfim eles ressurgiram na porta, sinalizando à população que ficasse calma: não encontraram nada. Explicaram aos repórteres presentes que não havia ninguém lá dentro, nenhum móvel, objeto pessoal ou mesmo entulho. Nenhum sinal de ocupação humana, nada. Apenas uma casa vazia.

Lacraram o portão da casa; iam desligar as luzinhas, mas houve um protesto local e os policiais logo entenderam que aquilo poderia se transformar em uma manifestação nacional, principalmente com a ajuda dos jornalistas. A polícia já não andava com uma imagem muito boa, era melhor não piorar as coisas; um juiz que resolvesse isso depois.

— Fica tranquilo; já, já o povo esquece essa história — um dos guardas disse ao outro.

A casa, então, permaneceu acesa. Mas continuaria sendo a mesma, agora que havia sido exposto seu vazio?

As viaturas deixaram o local, bem como os jornalistas e espectadores pouco depois. Ao longo dos dias seguintes, salvo uns curiosos que vinham de mais longe, a história de fato foi perdendo o interesse. Os frequentadores dali já haviam se habituado à casa iluminada, nem a estranhavam; era até mesmo possível dizer que não mais a percebiam. A esperança de um acontecimento especial não tardou a morrer. Para a maioria das pessoas, acima de uma casa iluminada, ela passara a ser apenas uma casa vazia. Algo sem nada a oferecer, exceto aquelas lâmpadas, que já não provocavam mais nenhum impacto. Esqueciam-se cada vez mais delas, tendo abandonado o hábito de esperar pela noite para vislumbrá-las em seu auge.

Como profetizado pelo guarda, as luzes realmente foram apagadas algum tempo depois, por ordem judicial, e ninguém pareceu notar. Apenas seu Garcia, que continuava admirado, se entristeceu ao ver aquilo acontecer. Ao comentar com os outros sobre o fim da casa iluminada, obtinha apenas respostas desinteressadas e fleumáticas. Mesmo assim, retornava ao assunto recorrentemente. Meses depois, em uma conversa com Diogo, o taxista, confessou:

— Eu ainda fico olhando, sabe... ainda fico pensando... O cara nunca apareceu, mesmo passando na televisão e tudo; é muito estranho...

— Esquece essa história, seu Garcia, já passou! É só uma casa, nem tá acesa mais...

— Eu sei. Mas é muito estranho; tem alguma peça faltando. Uma pessoa não enche a casa de luzinhas de Natal no meio do ano e desaparece assim, à toa. Ele queria dizer alguma coisa, eu acho. Mostrar alguma coisa, sabe?

— Esquece isso... Se ele quisesse dizer alguma coisa, ele teria dito. O que que uma casa vazia pode dizer?!

— Tem uma hipótese que a gente ainda não testou, lembra? Aquela que ele voltaria no Natal...

— Mas essa hipótese era a mais absurda! Duvido muito, hein... Se o cara não voltou até agora, com televisão e tudo! Se não descobriram nada dele... Voltar meses depois?! Ah, sem chance...

Seu Garcia, porém, não se dava por vencido. Acreditava que aquele morador, ou o que quer que fosse, poderia, sim, voltar no Natal. Se o fizesse, provavelmente teria o seu próprio estranhamento com todo o acontecido. Ficaria admirado com toda a comoção em relação a ele e seu ato, e que, no entanto, ela não resultara em nada além de esquecimento e omissão. Nada mais do que um breve e leviano caos a se desfazer em ordem e rotina. Se o autor da inusitada iluminação ressurgisse no Natal, como um Cristo na Terra, iria se decepcionar como tal, ao presenciar a inutilidade de seu sacrifício. Mas seu Garcia seria diferente: seria o único que esperara, o único que não perdera a fé, o único que tivera sua vida transformada em nome daquela casa. Seria, portanto, como forma de recompensa, o único a obter a salvação quando o Anunciado regressasse.

Após muitos dias de ansiosa espera, finalmente chegou o Natal. Agora, luzes acesas se espalhavam por todos os lugares, exceto sobre aquela casa, que passara a ser a única apagada. Seu Garcia, que também não instalara luzinhas em seu lar por solidariedade, permaneceu em sua banca na noite do 24 de dezembro. Não atendia aos apelos e convites dos colegas para celebrar a data; estava convicto de que o caminho certo era oposto ao do povo. Passou a madrugada inteira diante da casa escura e vazia, esperando seu salvador voltar.

No entanto, o Messias não apareceu. Não houve redenção, tampouco juízo ou condenação dos incrédulos. Não houve nada; nada além das luzinhas de Natal espalhadas sobre todas as outras casas — o que era bonito e sem susto nenhum, sem estranhamento. Seu Garcia, porém, não se importava com estas, nem reparava nelas. Passou o Natal sozinho, descrente.

Balas

Eu tentei. Podem falá o qui quisé di mim, mas não qui eu não tentei. Tentei pra caralho, mano. Primero, devo tê ido procurá emprego, no mínimo, em... pô, nuns par di lugar! E nada. Nego já ti olha torto na hora, tá ligado? Cara di pobre, mano, é a pior marca di nascença qui tu pódi tê. Si descobrem, então, qui tu já foi detento, aí já era, mermão. Perdeu. E o pior é qui eu acho qui tenho cara di detento também. Devo tê... Aí é marca di nascença pior ainda! Pra tu vê: a gente nasce é muitas vezes. E tudo vai ficando, assim, né, na pessoa... Dizem qui tu sai da cadeia, mas ela não sai di você; é verdade. Depois qui tu passô por lá... fica qui nem uma tatuagem, mano. Parece qui nego olha pro meu braço e não lê o nome do meu filho, lê "presidiário", tá ligado? Ou deve lê na minha testa, né, mano?! Ainda bem qui o primo mi arrumô esse trampo. Qué dizê, num sei si é um trampo mesmo; é mais pra si virá, sigurá as ponta por enquanto.

A gente si encontrô no barraco dele pra í junto. Ele é qui trouxe os pacotinho pra gente vendê; sei lá, mano, di onde ele tira esses negócio... Pega num distribuidor aí, parece. Já vem tudo embaladinho, tudo no jeito. Tem di vários tipo: um qui vem com cinco bala, outro com três bala e um chiclé, ou então com um chiclé di vários coiso num coiso só, tá ligado? Todos com aquele papelzinho iscrito: "Vender balas foi o meio que encontrei de trabalhar honestamente..." Isso tem a vê cumigo, não tava a fim di puxá mais cadeia, não, mano "...Deus te abençõe..." A todos nós... "Por favor, me ajude a criar meus três filhos, sou viúvo e desempregado." Aí é foda, eu ri.

— Três filho?! Viúvo?! Qui porra é essa, primo?!

— Porra, sei lá, mano... Já vem com esses papelzinho aí, num fui eu qui ponhei, não... É pra ... pra sensibilizá o cliente, entende?

— Caralho! Precisa matá minha muié pra isso?! Vamo vendê bala ou lencinho pra nego chorá?!

— Tu vai vê qui funciona, negão... — Ele riu também.

Puta, andamu di a pé pra caralho... debaixo dum sol, mano! Aí chegamo no ponto pra pegá o busão. Ficamo lá torrando pra mais de uma hora, até que ele veio. Tava lotado pra caralho! Espremememo pra entrá e passamu mais outra hora desse jeito pra chegar lá. Lá na estação de trem, mano... ainda tinha mais o trem. Qui, aliás, tava mais cheio qui o busão! E era uma pá de parada pra chegar até na nossa. Em cada uma delas descia dois neguinho e subia mais duzentos. Num cabia mais ninguém e entrava mais um monte de gente. Caralho, como todo mundo aguenta isso todo dia?! Às vez parece pior do que na cadeia, mano. Cadeia só é pior porque tu num pode escolher de sair, eu acho. Descemu finalmente. Saímu da estação e chegamu no ponto do primo. Puta duma avenidona brava! Esses lugar mi dão nervoso, mano. Nego fala qui tem medo di entrá na favela... lá, eu tô sussegado! Lugar perigoso é o qui tu não conhece, onde tu não pertence, tá ligado? O primo já foi explicando como funcionava o lance:

— A hora qui fechá o farol, tu vai botando os pacotinho pindurado no retrovisor dos carro, tá entendendo?

— Porra, mano, tá tirando di esperto? Tu acha qui eu nunca vi os nego fazendo isso?!

— Olha só, tá fechando o farol... Bora, então, negão!

Ele foi pindurando os pacotinho no retrovisor dos carro duma fila, e eu já fui botando nos da outra. Eu ia mais devagar, sempre olhando dentro dos carro, na cara das pessoa. Caralho, a vida di cada um é uma coisa completamente diferente da do outro, tu já pensô nisso? Parece qui o homem é um bicho só, mas di várias espécie diferente. É mais do qui só a grana; tu tá lá do lado dos carro, o cara tá ali dentro, mas... Di cada lado do vidro fica um otro mundo. Cacete! Fui olhá pra vê como tava o primo e o cara tá correndo feito doido lá pra frente... Qui qui tá acontec...

— Corre pra pegá di volta, negão!

Hã?! Fiquei meio perdido, vacilei. Catei di volta o pacotinho qui tinha acabado di pindurá e fui voltando, correndo, na fila... pegando o qui dava, né! Tava pelo terceiro carro quando o farol abriu e um monte di carro vazô com minhas bala tudo pindurada. Vacilei... Merda.

— Porra, negão! Tu vacilou!

— Tem nada novo pra contá, não?!

— Tu tem qui corrê pra pegá di volta!

— Agora eu vi, né, mano... Mas tu não tinha falado nada, caralho!

— Eu fui falá, tu deu uma di sabe-tudo... Tu é burro pra caralho, negão...

— Êêê...

— Tu põe as bala... olha só: não bota em muitos carro, não... nuns seis, no máximo, até tu pegá as manha. Depois tu já corre di volta pro começo da fila e já vai passando tudo di novo; quem ti pagá, fica com as bala, si não, tu pega elas di volta, tá ligado? Tudo pá-puf, rapidinho, sacou?

— Porra, por que tu já não vai direto di um em um? Pra que passá a fila duas vez?

— Ah, sei lá, mano... Todo mundo faz assim. Acho qui é pra dá tempo do cara separá os trocado... pro pessoal podê lê as mensaginha no papel e ficá comovido, tá ligado? Lembra qui tu zuô elas? Taí!

— Tô ligado. Foi mal. No próximo, nós tira o atraso.

— É bom tu tirá mesmo, negão, qui deu bala di graça pruns par di grã-fino... — Ele riu.

— Tu vai vê só...

É foda esse negócio. Ficá correndo entre os carro, a maioria das pessoa nem abre a janela, nem olha pra você. Virei o homem invisível, mano. Às vez eu ficava parado do lado di um carro por um tempo — pra vê — e o cara no volante nem virava pru lado; como si pudesse mi apagá das vista dele, tá ligado? O qui o olho não vê o coração não sente, né, mano. Isso mi deixa puto; mais puto qui isso só madame qui fica olhando pra mim como si eu fosse um bicho nojento. Eu falo qui gente é vários bicho diferente! Quiria vê si ela tivesse crescido onde eu cresci... no meio do lixo, do esgoto... si ela ia si preocupá com maquiagem, penteado, perfuminho... Tu cresce largado na miséria, mano, tu nem aprende a querê muita coisa, não. Ninguém ti dá nada, tu vai tirá di querê as coisa da tua cabeça, assim sem mais nem menos? Alguém pode gostá do qui nunca experimentô? Só si fô di vê na tevê...

Mas eu olhava esses cara e sabia qui o lance deles era mais pelo medo mesmo. Medo di marginal... di pobre, di preto. Bicho si assusta com outro bicho diferente. Pensa qui é tudo pirigoso, qui vai fazê alguma coisa... Às vez eu pensava em fazê mesmo! Pra pelo menos dá razão no cara dele tê medo di mim. Já qui é pra tê medo, vai tê o qui temê, né não?! Foda é cê assustá os nego quando tu não qué fazê isso. Quando só qué vendê seu trabalho, tá ligado? No limpo.

Sem contá qui num vende quase nada dessas bala, é uma merda. Você só qué uns trocado — num tá mendigando nem nada, tá dando o produto em troca — e o cara não ti dá nada, nem ti olha na tua cara. Tu rala pra caralho e não consegue nada. Porra, o qui é doi real presses cara?! Eles tem mó grana... Si eu metesse o cano na cara deles, aí eu quiria vê! Eles mi dava tudo na hora; ainda implorava preu num atirá. Eu mandava na vida e na morte deles. Tu, com um revólver, pódi mais qui Deus: tu escreve o destino. Deus escreve por linhas tortas, mas tu, com uma arma, escreve reto. Tu é mais rápido. Será qui eu vô aguentá ficá nessa di vendê balinha? É foda, destino vira mais qui redimoinho, mano. Não vem mi falá qui destino tá pronto, não. Quem acredita nessas porra di destino, di qui tava tudo escrito e o caralho, é porque o qui aconteceu com ele é bonito, sabe? Aí até parece coisa escrita por poeta mesmo. Mas tu acha qui tá escrito pra um tê escola, namorada, dinheiro e o caralho a quatro, e pro outro tá escrito di vivê fudido?! Tá escrito pra uma criança nascê e já morrê abandonada pela mãe numa lata di lixo?! Porra, nasceu pra quê, então?! Pra que escrevê uma história dessa?! Si é Deus qui escolhe isso, mano; qui escreve essas parada, na boa: é mais filho da puta do qui eu. Eu nunca faria uma crueldade dessa, ainda mais tendo poder. Um dia eu perguntei disso pro pastor qui ia lá na cadeia, e ele si atrapalhô todo. O pastor acha qui só porque nasceu pobre sabe di todo mundo qui é pobre também. Tem muitos jeito di nascê pobre, mano; cada um é uma história. Nego acha qui pobre é tudo igual, põe tudo no mesmo saco. Já vem com aquelas conversa di "tem muito pobre qui é honesto"... Porra, tu já ouviu alguém falá "tem muito rico qui é honesto"?! E tá cheio di rico bandido pra caralho! Si bobeá, tem até mais rico disonesto qui pobre. Num é assim qui funciona, não, mermão; a conta é outra. Eu não sei qual é a daquele pastor, mas qui ele é safado em alguma natureza, com certeza ele é. Si tem uma coisa qui a cadeia ti ensina bem, mano, é saber pela cara do nego qual é a dele. Tu olha pro cara e já sabe si ele é istuprador, sequestrador, assassino, ou o quê... Assassino, principalmente; depois qui o cara mata alguém, mano, o olhar dele muda; parece qui vira outro bicho. Só qui pastor, freira, essas coisa, é difícil sabê... são muito fingido, mano. Talvez si eu tivesse conhecido mais pastor eu sabia dizê; mas qui aquele aprontava alguma coisa, eu boto minha mão no fogo... ah, boto! Tu fareja malandro, mano. Assim como tu é farejado também, né? Si eu não tivesse qui corrê tanto entre os carro pra pindurá as bala, eu pudia olhá pra cada um daqueles motorista e sabê o qui eles fazem di safadeza, eu acho. Porque num vem cum essa, não, mano... todo mundo faz alguma coisa errada; santo ninguém é, não. Si bobeá, esses cara aí, qui tem tanto nojo di mim, são muito pior qui eu. Eu nunca matei ninguém, nunca istuprei... E eles? Vai sabê... Cada pessoa é muita coisa.

Trampei mais uns três dia nessa; tava foda, mas eu tava segurando a barra. Mas aí aconteceu uma coisa... Putz, eu fiquei puto pra caralho! Tava eu e o primo lá, trabalhando, na honestidade, vendendo bala sussegado, aí mi apareceu um guardinha... porra, folgado pra cacete! Um magrela com cara di sabugo, mano, eu dava cabo dele fácil, fácil, si deixasse. Ele já chegô expulsando a gente; enxotando qui nem si fosse bicho... Com a mão já no cano da cintura, tá ligado? Eu e o primo falamo qui a gente tava ali na boa, trabalhando... eu só di olho na mão dele sigurando a arma. Ele chamô a gente di vagabundo pra baixo; falô qui aquilo não era trabalho. Fiquei com uma puta duma raiva. Trabalho era só o dele, então?! Minha vontade era tê um cano, pra botá medo naquele filho da puta, mano. Polícia finge qui não, mas tem medo pra caralho também! Os cara grita na tua cara, aponta o cano pra você, mas tu vê no olho deles. Si tão sozinho, então... Tu levanta a arma e pronto. O cara vê: o diabo tá do teu lado. O medo manda em todo mundo.

No dia depois desse, pensei muito antes di saí di casa... tava dividido, mano. Tava muito puto e, ao mesmo tempo, tava querendo ficá na minha, tá ligado? Não queria treta. Mas aquele polícia... Caralho, tomá isculacho di novo e não podê fazê nada ia sê foda! Dá um nó na gente. Zanzei. Resolvi levá o cano. Abri a gaveta, peguei ele, carreguei di bala e achei aquilo engraçado... Falei comigo mesmo: "Hoje tu tem outra bala, negão!", e ri. "Tem di hortelã... di morango... e di furá nego!" Enfiei o cano na calça; o aço frio, mano, gelô até a minha espinha. Peguei os pacotinho em cima da mesa. Porra, é uma bala e outra di outro tipo, e é uma vida e outra di outro tipo... é louco, né, mano? Um cano ti transforma em super-herói, mermão. Tu manda! Vendendo bala tu é só... faz as conta, compara pra tu vê. Deixa aquele guardinha folgá hoje... Cano não faz distinção, não, mano: pode sê quem fô, o cano dá fim. Ninguém qué seu fim, né, rapá? Tu manda.

Nesse dia, vendi mais alegre até. Foi aquela mesma correria, mesma coisa: pouca gente compra, pouca grana, nego ti ignorando adoidado — mas eu tava com ele, né. Não mostrei pra ninguém, nem pro primo, mas... só di senti ele ali na cintura, mano, eu até corria mais ligero.

Tô ti falando qui o cano deixa o cara mais... Dá poder, entende? É uma conta fácil; poder é tudo — é podê fazê as coisa qui tu qué, mesmo. Porra... tu é qui dá a palavra final. Tu tá guardado, pru qui fô, pru qui vié. Eu olhava dentro dos carro e imaginava eu tirando o cano. Esse cara qui tá aí — mi ignorando agora, olhando pra frente, fingindo qui eu não existo —, esse cara olhava pra mim na hora. Tem qui olhá, né, mano... ah, tem qui. E essa outra dona, então? "Eu faço o qui você quisé!", eu já imaginava ela falando si visse meu trabuco. O terror, mano. Tu vira o jogo.

Eu confesso qui cheguei a torcê um pouco praquele guardinha aparecê di novo. Ia sê o capeta. O cano ia falá alto, mano. Mas ele não apareceu. Vendemo bala o dia inteiro, na boa. Deu um dinheirinho... mas, pô... o dia inteiro pra faturá uns troco e chegá em casa distruído ainda é foda. Tava com saudade di pegá notão na mão, saca? Acho qui num tava pegando nota nenhuma, só moeda, mano! Era capaz qui nem soubesse mais segurá uma nota, deixava ela saí vuando. Eu saía di lá todo dia com o bolso até pesado di tanta moeda. Parecia um pandeiro: andava, fazia barulho — *tlim-tlim*... E os pé, mano; Ave Maria, os pé fica um bagaço... bolha desse tamanho!

No fim do dia, no busão di volta — quebradaço, eu com o primo —, nóis ouvimo um muleque burguesinho falando qui os presidiário é qui tem vida boa: moradia e comida di graça. Fiquei fudido.

— Por que tu num vai morá lá, então, seu merda?! Já qui acha tão bom?! — eu falei. O busão inteiro olhô.

O muleque si ligô qui eu já tinha puxado cadeia; ele viu na minha cara, mano. Aliás, acho qui todo mundo no busão sacô. O cano até coçô na minha barriga, mi cutucando. O cano ti chama... ti instiga, tá ligado? Eu enfiei a mão por baixo da camiseta, segurei o cabo dele em cheio. O dedo até escorregô sozinho pro gatilho, pronto pra guerra. Minha mão ficô quente, vai vê qui é o sangue fervendo. O primo segurô meu braço. Será qui ele percebeu? Si viu, num falô nada. Só mi olhô com aquela cara di "segura a onda". Meu corpo tudo formigando...

Foda pará quando tu já tá virado.

No outro dia, levei o cano cumigo di novo. Dessa vez, nem fiz piadinha, nem ri. Sei lá, mano, acho qui acordei meio encapetado. Já num tinha mais graça. Só di pensá qui ia tê qui encará mais um dia daqueles... num era só o trampo ou a pedrera pra chegá lá, tá ligado? Talvez era aquele guardinha, aquele moleque, aquele pessoal dos carro, qui nem ti olha... É tudo uma questão di... como é qui fala? Custo-benefício, né? Pois então... eu tava... sei lá, eu já tava por aqui! Eu ia aguentá até quando?! A falta di grana... a falta di mandá? Eu já tava mais pra essas bala do qui pras outra, eu acho. O poder dessas: bem melhor. O cano, mano... nem gelô na barriga dessa vez. Será qui era eu qui tinha ficado mais frio? Caralho, a sensação qui ti dá é foda... Quem é qui ia falá alguma coisa hoje?! Eu tava encapetado, mano.

Mesma coisa di sempre, o trampo. Di carro em carro, di farol vermelho em farol vermelho. O cano, só, já não mi alegrava muito mais, não. E aquela coisa toda: correndo pra lá e pra cá, botando bala nos carro — qui tu já sabe qui vai pegá di volta —, o primo gritando comigo toda hora: "Vai, negão, corre!" Mas eu gostava di í mais devagar. Gostava di olhá dentro dos carro. Si não, mano, eu ia sê igual eles, né, passando batido pelos outro. Eles podia até mi ignorá, mas eu não ignorava eles, não. Eu não fingia qui num via; eu via. Eu tava aprendendo a lê na cara deles, mano, igual aprendi na prisão. Primeiro carro: dois cara di terno; devem tá indo pro trampo, devem sê cachorro grande. No segundo, um senhor di uns cinquenta anos; caralho, é di manhã e o cara já tá suando às bica. Esse já brigô com a mulher antes di saí di casa — vai vê qui broxô com a amante e tá puto. Porra, abre esse vidro, né, mano... vai ficá aí cozinhando, fingindo qui tem ar no carro? É tanto medo assim?! Deve achá qui eu nem sei o qui é ar-condicionado. Deve achá qui eu posso fazê alguma coisa. Pudia mesmo.

Eu num divia ficá pensando nessas coisa... Meu, os cara tem medo pra caralho mesmo... Medo é o maior respeito qui existe. Só falta tu agi, porque o cagaço do cara tá pronto já. É só tu fazê sua parte e tá feito: sacá o cano. O mundo vira do avesso. Tu põe o fraco e o poderoso di volta no lugar. Revira do avesso o qui tá do avesso. Qui qui é um vidro di carro, mano? Mi separa deles, mas o cano... com o cano, tu disfaz essa divisão na hora. Vai o cara ficá olhando só pra frente, di vidro fechado, com o cano na orelha dele? Vai o cara falá qui não tem trocado, com a bala ali, quente, prontinha pra ele? A bala do cano, claro; essa não pede, mano, essa manda! Essa não fala pra Deus ti abençoá, essa ti manda cobrá dele pessoalmente.

Tava tão distraído, viajando nessas parada, qui a hora queu vi, já tinha pindurado as bala num carro sem nem mi dá conta. Fui no automático, nem vi quem tava dirigindo. Tava indo pro próximo da fila, mas parei um pouco. Quem tava naquele carro qui eu passei? Ah, não, eu num ia sê igual eles! Eu num ia passá por alguém como si a pessoa não existisse, tá ligado? Todo mundo existe, mano. E existe é muito. Si todo mundo percebesse isso, si percebesse qui cada um existe igual o outro, talvez... Porque, assim, todo mundo faz muita diferença do "eu" e do "outro"... E o "eu" vai sê sempre o que mais te importa, né? Normal. Mas tu é o seu "eu" mas é o "outro" do outro, entende? E o outro é o "outro" pra tu mas é o "eu" dele... Aí, como tem diferença, a gente nunca vai... Quem vai ficá sendo o mais importante pra cada um, tá ligado? O problema taí: não dá, não bate. A sociedade é uma conta que não fecha.

Voltei pra trás, pro carro anterior. Parei na janela dele e olhei na cara do motorista: era um muleque; parecia aquele merdinha do busão. Já tinha mi picado aquilo, mano. O capeta. O capeta é raiva, só. É querê saí di baixo; arrancá o qui tá por cima di você. Aí já era: a hora qui vem, já veio. Minha mão pensô por mim; nem bolei, já tava com o cano na mão. Peguei o mundo pelo pé. O muleque ficô branco a hora qui viu a ponta do meu cano na fuça dele! Minha mão nem tremeu. A morte sô eu quem dá; tu qué? Nem ele, né, mano... A vida sai barato presses cara, porra, eles têm grana! Eu qui escolho. Eu era Deus, mas eu era o diabo. O muleque sabia. Todo mundo ali soube. Nessas base, mano, o mundo todo vira pro teu lado. Tu manda; tu é visto. Quem ia mi ignorá agora? Quem ia olhá pra outro lado? Aí tu é alguém. Tu é todo mundo. A grana é sua, o carro é seu; si tu quisé, é tudo seu. Só pegá.

Ele abriu a cartera e esvaziô na minha mão. Tinha uns trezentos conto. Mano, pra eu ganhá isso vendendo bala, eu tinha qui ficá lá uns... sei lá quanto tempo! Correndo pra lá e pra cá e o caralho a quatro... sendo ignorado, esnobado... Já com o cano e o grito, era assim, rapidinho. Faz as conta aí... bem melhor assim. Ouvi o primo gritá: "Num fode, negão!" Saí di um transe. Eu tava em outro lugar.

Bora fugi! Corremo pra caralho, eu e o primo. Pô, tô falando qui corremo pra caralho, mas si fô vê, vendendo as bala, no dia todo, acho qui a gente tinha qui corrê muito mais. No fim, achamo um canto seguro, num terreno baldio. Depois qui paramo pra descansá, ele falô:

— Tu mi fudeu, negão...

Eu dei um tapinha na perna dele e passei uma nota di 50, das qui peguei do pleiboizinho.

— Ti salvei, primo... o trabalho num compensa!

Nóis dois rimo, feito muleque qui acabô di aprontá alguma, tá ligado? Peguei um pacotinho dos meu e abri; ofereci pra ele:

— Essa é por minha conta.

Ele pegô uma bala — tava meio bodiado —, eu peguei outra, e ficamo lá chupando, pensando na vida...

Ou pódi sê qui a gente tava parando di pensá, né, mano? Só vivendo; encarando a vida di frente. Mandando nela, não deixando ela mandá na gente. Vida manda na gente? ...Porra, essas bala são boa! Por que ninguém compra, caralho?!

O lugar de cada um

Faltavam dez minutos para o horário de saída do ônibus. Era a segunda vez que olhava para o relógio e se deparava com essa mesma marca. Colocou as mãos no bolso; tirou e ajeitou os óculos; voltou-as para os bolsos e sacudiu o molho de chaves dentro de um deles; liberou uma das mãos novamente e deslizou-a sobre a alça da bolsa que carregava; por fim, pousou-a sobre o corrimão, sobre o qual percutia seus dedos freneticamente. Agitava-o um temor surdo de que algo pudesse... Ele frequentemente temia o que estava prestes a não acontecer. No momento, tratava-se do perigo de o ônibus partir, deixando-o para trás, embora já estivesse descendo na escada rolante da plataforma de embarque. Pôde, inclusive, ao inclinar-se um pouco — antecipando o ângulo de visão —, observar ali o veículo estacionado, desligado.

Esse cidadão pega o mesmo ônibus todos os dias da semana; leciona em uma faculdade à noite e, após o término de suas aulas, esse é o último horário disponível de ida para a cidade vizinha, onde mora sua família. Ele sabe de cor o tempo gasto em cada etapa deste seu itinerário cotidiano: arrumar o material e sair da faculdade, ir para a rodoviária, comprar a passagem no guichê e descer para o embarque — medira, sim, no relógio. No entanto, em vez de isso lhe proporcionar tranquilidade e sensação de controle, frequentemente resultava apenas em mais nervosismo. Era como se tivesse programado também os momentos para se enervar: por exemplo, os dois minutos a mais gastos pela moça do guichê hoje, atrapalhando-se ao passar seu cartão de crédito na máquina. Imprevistos como esse lhe davam uma sensação de urgência, como se o perigo de perder a condução aumentasse drasticamente; como se dez minutos fossem muito pouco tempo — apenas um grãozinho a despencar pela ampulheta. Talvez em toda a sua vida, sempre tão regular, nunca tenha experimentado uma repentina e significativa mudança, para aprender que nesse período cabe muita coisa; ou também é possível que nunca tenha passado por uma situação em que cada segundo faz muita diferença, para perceber quanto pode valer dez minutos.

Finalmente, achegou-se ao veículo e entregou a passagem para o assistente da empresa. Esse ônibus costuma ir bem vazio e, tratando-se de uma viagem tão curta, a demarcação dos lugares de cada passageiro não é muito criteriosa. A moça do guichê de vendas costuma selecionar qualquer poltrona no sistema, sem perguntar qual o cliente prefere, ciente de que ele mesmo poderá escolher tranquilamente entre as muitas cadeiras vazias do carro a que mais lhe agradar. Mesmo assim, ele costumava requisitar ao menos que ela o colocasse ao lado de alguma janela. Preferiria poder escolher um lugar específico, mas não queria perder tempo atrapalhando a prática-padrão; se o fizesse, provavelmente estaria se martirizando por colaborar com o próprio atraso dessa noite. O assistente rasgou o canhoto, desejou boa viagem e devolveu-lhe o bilhete. Ele adentrou no ônibus e, enquanto subia os degraus, cumpriu o hábito de checar o lugar marcado em sua passagem: poltrona 17. Era nela que se sentaria, então.

Levantou o rosto e viu, em meio à escuridão interna do carro, uma única luz: o ocupante de uma das poltronas acendera a lâmpada sobre sua cabeça. Paralisou-se por um instante, sentindo uma espécie de calafrio, um formigamento no fim da medula. Conhecia o ônibus quase de cor e, pela localização, tinha a nítida impressão de que aquela poltrona — a única iluminada no escuro, a única ocupada por alguém — era justamente a 17; era justamente a sua.

Aproximou-se caminhando lentamente, checando os números dos lugares por onde passava apenas para... para confirmar seu cálculo e também se distrair do conflito iminente. Cada passo dado, cada fileira transposta lhe davam mais certeza e, portanto, mais medo. Sentia sua boca secar; não gostava de confrontos e discórdias. Chegou ao lado da poltrona — o encontro era inevitável — e mirou o ocupante. Permaneceu imóvel, em silêncio por um momento; tinha esperança de que algo pudesse acontecer, de que aquela situação pudesse resolver-se de alguma maneira, sem ele precisar fazer nada. Talvez o homem se levantasse espontaneamente, evitando ser requisitado a fazê-lo... Como conflitos não costumam sanar por conta própria, nada aconteceu; o ocupante da poltrona nem olhou para ele.

Sem mais opções, teve que chamar sua atenção:

— Herr... Com licença?... O senhor está no meu lugar...

— Oi?! — respondeu o outro passageiro, virando-se finalmente.

— ...Com licença... O senhor está no meu lugar.

O homem sentado, um pouco surpreso pela abordagem, esticou o pescoço e olhou ao redor, como se quisesse confirmar para ambos que o veículo estava praticamente vazio.

— Tá falando sério?! — devolveu.

— Sim... Essa poltrona em que o senhor está sentado é a 17, meu lugar.

— Mas o ônibus tá vazio! Cê não pode sentar em outra, não?

— Mas a minha passagem é da poltrona 17, senhor; é o meu lugar. O senhor me perdoe, mas quem se enganou foi...

— Quer sentar aqui do meu lado, então? — interrompeu-o, parecendo conciliador, um pouco irônico talvez.

— Na verdade... É que eu gosto de ficar na janela; por isso eu pedi...

— Então, amigão: agora você pode escolher qualquer uma das janelas do ônibus!

— Olha, senhor... — disse, enfiando uma mão no bolso para pegar a passagem enquanto com a outra arrumava os óculos. — Talvez tenha havido duplicidade...

— Du-quê?!

— Duplicidade: duas passagens iguais... Aqui está a minha, tá vendo? Poltrona número 17. Então, se o senhor puder, por favor...

— Pô, cara, se liga! O ônibus tá todo vazio, cê vai querer me tirar daqui?!... Pega qualquer poltrona aí, ninguém vai te prender por isso, não! Acho que nem chega mais ninguém, aliás...

— Eu não queria incomodá-lo... É só que...

— Mas tá incomodando! Pô, eu já tô acomodado aqui, aí cê vem e começa a... a... O senhor tá sendo muito inconveniente!

A alcunha de "inconveniente" o atingiu em cheio, foi o golpe fatal. Ele, sendo inconveniente? Ele, incomodando, causando importunações?! Não pôde mais. Sem avaliar o que era conveniente no momento e para quem, apenas se calou ante o mal-estar de ter aquela palavra dirigida a ele. Sempre tomara cuidado para não causar perturbações, aborrecimentos. Decidiu sentar em outro lugar, tentando, em um sacrifício próprio, restaurar a paz local. Dirigiu-se a uma poltrona no fundo do ônibus, buscando distância daquele homem que lhe proporcionara tanto desgosto. A poltrona 17 era dele, ora, estava marcado na passagem e tudo! Havia pagado por aquele lugar. Não que houvesse planejado algo especial acerca daquela poltrona — na verdade, nem a requisitara precisamente —, mas, uma vez comprada, era dele, não? Regras são regras.

Enfim, acomodou-se em seu novo lugar, também ao lado de uma janela. Seu pensamento, disperso entre os reflexos do vidro, flutuava em várias direções. Ele parecia começar a perceber que realmente não fazia tanta diferença: o lugar escolhido também poderia ser bom — quem sabe, até melhor que a poltrona 17. No entanto, era ela a sua, não? Pertencia-lhe por direito; talvez devesse tomar uma providência: falar com o motorista ou o gerente da empresa. Podia até chamar um advogado para remover aquele cidadão, ou então fingir ser um e intimá-lo: "Eu sou advogado, sei dos meus direitos!" Não sabia coisa nenhuma. Sabia apenas que tinha direitos e deveres, mas nunca distinguira muito bem quais eram uns e outros. Poderia ele realmente exigir de alguém que saísse de sua poltrona? Claro que sim! Se o ônibus estivesse cheio, não seria estranho exigir o lugar possuído por direito; por que, quando ele está vazio, isso seria diferente? As regras não são determinadas dessa maneira, baseadas em critérios inconstantes como o número de pessoas presentes. Regras são regras. Na passagem não vem marcado: "Poltrona: 17, mas, se o ônibus estiver vazio, qualquer uma." Sua ansiedade aumentava. Seria mesmo inconveniente voltar lá?

Por não ter coragem de afrontar de novo aquele homem, o conflito prosseguiu apenas dentro de seus próprios pensamentos. Uma maneira encontrada inconscientemente de conciliar a tranquilidade de ficar ali — a salvo de confrontos — com o cumprimento das regras foi simplesmente imaginar sua desforra, e assim o fez.

Fechou os olhos e visualizou-se indo até lá, apontando o dedo na cara daquele gatuno e dizendo, cheio de força:

— E aí? Arrancou pedaço de você, sentar em outro lugar?! — o homem gritou lá da frente, interpelando-o.

Ele empalideceu subitamente; fora contra-atacado, como se o oponente previsse a investida fictícia e reagisse antecipadamente. Com o golpe recebido, seu pensamento se estilhaçou; os cacos — após o restabelecimento de seus sinais vitais — se reagruparam sob a forma de violências imaginárias: de repente, ele o encarava, dizendo: "Eu avisei que esse lugar era meu!", e atirava o homem pela janela, quebrando o vidro. Ia até ele e o erguia pelo colarinho, obrigando-o a suplicar perdão. Espancava-o com sua maleta de braço. Vinha por trás do pobre-diabo e, por cima do encosto, lhe quebrava o pescoço. Cravava uma caneta em sua jugular... No meio de um desses tantos assassinatos oníricos, foi interrompido por uma voz:

— Com licença, o senhor está no meu lugar.

Distraído com seus homicídios mentais, nem percebera a aproximação daquele senhor, de mais ou menos 60 anos, que agora reivindicava seu lugar de direito: a poltrona 39 — esta, escolhida e ocupada por ele.

— Senhor...? — O homem grisalho ainda esperava alguma manifestação dele, que apenas o olhava de volta, atônito. Não podia acreditar naquilo: ele era o contraventor agora?! Parecia ser, já que as primeiras respostas a lhe ocorrerem foram justamente cópias daquelas ouvidas há pouco: "Sente-se em qualquer ou-

tra poltrona, tem tantas no ônibus, me deixe em paz...".
Recordava o ladrão de seu lugar, agora querendo fazer dele seu modelo. Compreendeu suas razões, seus argumentos, e tentava buscar em seu exemplo a força para defendê-los; quase se transmutava nele: "Você vai me tirar daqui do meu conforto?! Sente-se em qualquer uma, ora! Eu me sentei! Eu também fui roubado!" Todas essas frases atravessavam rapidamente seu raciocínio, mas não ousavam dar o passo decisivo para fora da boca. Veio-lhe, entre os recursos de defesa, a palavra "inconveniente": enorme, pesada, pronta para ser atirada contra o homem de pé e derrotá-lo, mas não conseguiu. Como se a palavra-bomba explodisse em sua própria mão, ele mesmo sofreu seu estrago. Regras são regras.

— Me desculpe, eu vou pro meu lugar — respondeu, levantando-se, rendido. Pensou ainda em explicar àquele cidadão todo o ocorrido, mas desistiu, ao presumir que ele não se importaria e que apenas causaria mais incômodo ao fazê-lo.

E agora? Sentiu, de pé no meio do corredor do ônibus, que não pertencia a lugar nenhum e nenhum lugar pertencia a ele. O que era seu era roubado; o que não era seu era roubado por ele e depois retomado; de qualquer maneira, tudo era perdido. Para onde ir? Entre tantas poltronas vagas, enxergava apenas sua própria vertigem; não conseguia cogitar nenhuma alternativa além de retornar à poltrona 17. Foi; tocou de leve o braço do homem sentado ali, tentava restabelecer o equilíbrio, a ordem.

— Olha, eu fui pra outra poltrona; o dono dela chegou e eu cedi o lugar pra ele... tá vendo como funciona? Cada poltrona deve ficar com seu dono, se não outro senta e aí... e aí o dono chega e tem que pedir pro outro sair; isso só causa constrangimento e confusão! Eu tive que sair da poltrona que tinha pegado porque o dono dela chegou; agora você tem que sair da minha... eu sou o dono dela. Se o senhor tivesse se sentado no seu lugar logo desde o começo, nada disso teria acontecido! Os números da poltrona não são à toa... são justamente pra manter a ordem, pra evitar que vire esta bagunça! — Ele falou sem parar, sem dar espaço para o refreamento.

— "Bagunça"?! — Devolvida assim, cheia de ironia, a palavra realmente pareceu grande demais, bagunçada demais: — Você devia ter falado pra ele pegar qualquer outra poltrona e pronto! — o homem continuou, sem comoção pelo enredo.

Desamparado, sua carne parecia amolecer como uma esponja úmida. Não sabia que, no fundo, no fundo, era porque o oponente denunciava seu fracasso íntimo, seu sistema falido; acreditou que era por ele insistir no erro. Era preciso não retroceder, regras são regras.

— O lugar era dele! Agora, o meu é esse em que o senhor está sentado! Vamos acabar com essa confusão?! Assim, podemos todos viajar em paz! — Suava dentro do suéter de lã.

— Olha, se você tivesse falado pra ele sentar em outro lugar, ele teria ido. Eu não entendo por que você foi se levantar e vir até aqui me incomodar de novo. Agora, também, não vai voltar lá e perturbar o cara, né?! Senta em qualquer uma aí e pronto! Tem duas ocupadas, sobraram umas quarenta, olha só! Ainda tem bastante escolha, né, amigo?!

Ficou ainda mais transtornado, mais perdido; o algoz era irredutível. Seria mais fácil um rei abandonar seu trono do que aquele homem se levantar dali. Seus argumentos pareciam atingir um colete à prova de balas. Ainda tentou um último:

— M-ma-mas, se eu me sentar em outra, aí chega o dono de novo e... e... e pronto: eu tenho que me levantar! E eu, que estou fazendo tudo do jeito certo, sou quem mais está sofrendo com essa história!

— Aah... — O homem riu um pouco. — Mas que papo de boiola, hein?! Tá sofrendo?! Dói demais achar outro lugar pra sentar? Então faz o seguinte: dá uma olhada em todas as poltronas vazias, escolhe a que você achar mais bonitinha... mais confortável... — ele disse vagarosamente, acariciando o assento da poltrona ao lado com uma delicadeza jocosa. — Aí, se o dono chegar, e for tão chato quanto você e o outro lá, que fazem questão de suas poltroninhas numeradas, você diz pra ele procurar outra... usar o bom senso, né?! Que o ônibus tá vazio...

— Mas...

— Ou finge que tá dormindo, sei lá!... Vai, cara, ninguém vai te incomodar, não, você vai ver! Eu garanto.

Ele se afastou, ruminando as palavras que queria dizer e não conseguia mais, tropeçando no rabo entre as pernas. Como poderia garantir alguma coisa aquele...?

O que é que ele sabia?! Sentou-se na poltrona 02, a mais próxima ao motorista, que entrara no ônibus para partir. Era bom ter alguma força superior por perto, um apoio. Além disso, com o motorista a bordo, provavelmente não embarcaria mais nenhum passageiro que pudesse causar confusão. Deus o livre de passar novamente pelo constrangimento de ser obrigado a mudar de lugar, flagrado pelo verdadeiro dono da poltrona escolhida.

Seguiram viagem, os três passageiros extremamente distantes um do outro. Estariam completamente alheios uns aos outros não fosse o ronco do ocupante da poltrona 17, que, propagado pelo ônibus inteiro, demarcava seu sono pesado. Incomodado, menos pelo barulho do que pelo sossego do indecoroso, o professor já se imaginava contando e recontando o caso para seus familiares e conhecidos. Vejam o absurdo... Deu tanta raiva que a pressão até subiu, um mal-estar danado a viagem inteira. E o fulano lá, dormindo e roncando o trajeto inteiro, numa boa! E essa cidade que não chega nunca, meu Deus... Este mundo está mesmo perdido, as pessoas não têm mais educação. Todos vão ver que agi corretamente. Sim, eu fiz o que era certo. Mas que deu vontade de falar um monte de coisas para aquele... ah, deu! “Inconveniente”?! Ora, essa! Inconveniente era ele... Será que eu deveria ter feito algo mais? Ir até lá e... “Agora, toma esta chave de braço, seu calhorda!” Que calor... Será que esse ar-condicionado tá quebrado? Deveria ter enfrentado o outro que viera tomar a poltrona nova? “Você que vá...” Ah, não, não era certo. Mas as coisas não terminaram do jeito certo pra mim também. Eu fiquei sem minha poltrona, passei nervoso, passei constrangimento... Será que aquele senhor lá atrás também está ouvindo o ronco do homem? Ah, com certeza, está... Talvez ele reclame. Isso, sim, eu queria ver. Já pensou o folgado tomando uma bronca do outro? Bem que merecia... Isso o colocaria no seu devido lugar. Ninguém vai embarcar mais não, né... Às vezes, alguém pega o ônibus na estrada, mas é raro. E acho que quando é assim não tem lugar marcado; se alguém subir, não vai poder cobrar de mim esta poltrona, vai?! Onde será que estamos? Não dá pra enxergar nada com este vidro todo embaçado, essa escuridão. E o outro lá, que não para de roncar! Será que o senhor do fundo dormiu também? Ele me causou um certo transtorno, mas foi por agir corretamente. Não tiro a razão dele: o certo é o certo. Regras são regras.

Encantamento

Ela avançava sozinha, dentro da escuridão silenciosa proporcionada pelas ruas vazias e prédios fechados na madrugada. Era como se toda a cidade estivesse escondida, preparada para lhe oferecer uma festa-surpresa. Ao dobrar qualquer esquina, ela poderia deparar-se com um grande rompante sonoro, em que todas as janelas, portas e portões se abririam iluminados, revelando, enfim, os habitantes com gritos de alegria e abraços para ela. Todos finalmente demonstrando que, na verdade, sempre a amaram, só omitiam isso por um breve momento — mesmo tendo sido anos — para surpreendê-la no fim. Para mostrar um amor por ela ainda maior do que ela podia imaginar. Ela, que do amor sabia apenas o que imaginava. Poderia comê-lo frio, como uma vingança?

Envolvida por essa quimera, ela passou a dançar alegremente. Descia a rua em um balé leve e gracioso, como uma menina da escola primária brincando com a própria saia. Na contramão, começou a acompanhar sua dança com uma música: um canto feito de melodias inventadas, que tentava traduzir em sons o próprio langor. Após percorrer algumas quadras com seus passos inconstantes, enquanto fornecia um intenso crescendo à sua canção, chegou a uma praça. Dela vinha o outro único som flutuando pela noite: o ruído granular e cintilante das águas se movendo na fonte. Ao deparar-se com a instalação — díspar como ela, em meio à cidade velada —, não resistiu: quis experimentar o contato daquelas águas frescas com seu corpo quente.

Obviamente, esse excêntrico desfile individual não poderia passar despercebido. Logo, de um dos prédios próximos, saiu à janela um senhor, assustado pela gritaria da moça. Ao vê-la a salvo dentro da fonte, dançando e berrando uma música sem sentido, irritou-se:

— Tenha bom senso, menina!

Ela, então, replicou, com uma voz ainda mais poderosa, pois parecia incandescer todo o ar por onde se propagava:

— "Bom senso" é só o nome que cada um dá pro seu próprio senso!

O oponente não teve saída a não ser recolher-se derrotado. Fechou a janela furioso, resmungando algo cujas migalhas ficaram apenas para sua esposa, dentro do quarto. Do lado de fora não restou uma palavra sequer.

Esse contrariado senhor não foi o único a notá-la. Do outro lado da praça, como se fosse de outro lado da madrugada, um homem de pé a observava também, encantado. O homem, o rei dos animais. Ele se aproximou e, bem diante dela, se imobilizou em silêncio, contemplando-a. Sem percebê-lo, a jovem dava continuidade à dança sobre as águas como se sua música tivesse sempre existido, desde o princípio do mundo. O vestido encharcado parecia dissolver-se cada vez mais sobre a pele quente. Sua imagem se transformava lentamente em um desenho único, movendo-se graciosamente: uma silhueta feminina a bailar, colorida pelos verdes e lilases do vestido evanescente e iluminada pelos brilhos da água. Era irresistível.

Ela finalmente notou o homem ali, o olhar do predador. Ficou paralisada por um instante, assustada. Fitou-o longamente e percebeu que os olhos dele já não eram mais apenas olhos: eram mãos removendo a distância seu vestido e suas roupas íntimas, tomando para si a nudez intuída dela. A moça, intimidada, se contraiu um pouco, mas, sem que pudesse prever, notou-se gostando de ser encantadora a ponto de fazer um homem como aquele ruir em tentação. Sentiu o prazer ancestral que leva o diabo a trabalhar com tanto afinco há milênios.

Quando caiu em si, as mãos que lhe arrancavam o vestido já não eram mais os olhos do homem, mas sim suas próprias mãos de carne. Mãos de osso e músculo. Ela nunca fora atacada por nenhum animal, ou mesmo acariciada; era a primeira vez que sentia como era ter outra vida em contato com a dela, um corpo adentrando o seu. Era um susto violento, acalorado e libertador. Era algo que ela nunca teve.

* * *

Ele, apenas algumas horas antes, havia entrado em contato direto com *a verdade*, finalmente. Saiu de casa a pé para comprar cigarros na padaria e notou algo distinto: era sua saída de emergência.

Ao descer a rua, na volta, seu primeiro estranhamento ocorreu ao observar, vindo em direção contrária, aquele senhor de terno escuro falando ao celular — o mesmo que cruzara seu caminho na ida, exatamente da mesma maneira. Ele se imobilizou diante da cena repetida, certo de não se tratar de um simples *déjà-vu*, e pensou: Coincidência estranha... Voltou a caminhar, bastante perturbado. Abriu o maço comprado e acendeu um cigarro; planejava fumar apenas ao chegar em casa, mas... E, então, a dúvida se transformou em terror; logo ali vinha subindo aquele casal: os dois jovens abraçados, aos risos, precisamente conforme ocorrera na ida — apenas invertendo o sentido, como um espelhamento. Envolvidos em seus carinhos, os amantes nem perceberam a extrema perplexidade daquele homem, que passara a andar como um sonâmbulo. Próximo ao pânico, ele acreditou estar atravessando uma fenda no contínuo espaço-tempo; falou para si mesmo que, se algo mais se repetisse, sua hipótese estaria confirmada. Um som replicado em seus ouvidos, como uma gravação tocada novamente, atestou sua suspeita: aquele mendigo, sentado no chão exatamente da mesma maneira, fazia o mesmo pedido:

— Uma ajudinha, por favor...

Não restava dúvida: estava revivendo a mesma cena. Era impossível que todas essas pessoas tivessem ido a algum lugar e voltado ao mesmo tempo que ele. O pedinte não tinha ido a lugar algum, é verdade, mas... mesmo assim! Concluiu que a repetição só poderia ser o resultado visível de alguma falha cósmica. Isso vinha ao encontro do pensamento assustador que o perseguia havia tempos: a chamada "realidade" não passa de uma ilusão. Se sua criação era artifício de alguma força metafísica conspiradora — deuses, extraterrestres, ou algo assim —, um erro acabara de ser cometido: os mesmos figurantes haviam sido programados para o cenário dele consecutivamente, em uma repetição denunciadora.

Um turbilhão de imagens de sua vida invadiu-lhe a cabeça; recordou vários momentos em que já havia desconfiado desse controle oculto e precário da "realidade", bem como da necessidade de se libertar dele. De repente, lembrou-se do conselho recebido em uma dessas ocasiões: quando essa sensação o surpreendesse, era melhor buscar o apoio da família.

Ele correu em direção ao telefone público mais próximo, visando a conseguir imediatamente esse amparo. Discou, com os dedos nervosos e trêmulos, o número de sua residência. Não ouviu do outro lado uma presença familiar, ou mesmo os sinais de que o telefone tocava lá; surgiu apenas a voz mecânica da gravação: "Este número de telefone não existe. Favor consultar..." O pavor e o exótico êxtase de confirmar *a verdade* o atingiram de uma só vez. Aquele número — a identidade de seu próprio lar — não existia! Aquela casa, na verdade, era uma mentira! Tudo o que o cercava: aquele casamento, aquele trabalho sufocante, aquela infância toda, aquele pai, tudo aquilo não passava de uma grande farsa! Uma dolorosa armação, da qual podia, enfim, emancipar-se. Largou o telefone, em choque, e tentou correr, mas seus passos, nervosos e vacilantes, não saíram do lugar. O mundo todo é perigoso — farejava. No entanto, ficar parado é ainda mais arriscado, pensou de repente. Se o encontrassem, poderiam aprisioná-lo de novo naquela miserável encenação sem fim. Começou a andar apressadamente, sem rumo.

Após algum tempo caminhando, como um errante, chegou à praça. Instalou-se ali, sentado sozinho em um banco, a pensar longamente em tudo e em nada enquanto fumava seus cigarros. Horas se passaram, até que um som chamou sua atenção: as águas da fonte ao longe pareciam ter se avivado. O ruído cintilante e granular aumentara e agora era entrecortado por pequenas rebentações, o que indicava alguma presença. Ele foi averiguar e deparou-se com a mulher idílica.

Imóvel, ele a observava, encantado. Testemunhá-la era, ao mesmo tempo, uma confirmação e uma recompensa de sua descoberta. Liberto do mundo ordinário, sentiu ter acesso agora a uma outra esfera: a das entidades divinas em sua intimidade. Ali estava, bem à sua frente, uma deusa se banhando na fonte, em uma celebração livre das normas mundanas. Ele se aproximou, intuindo, sob seu vestido evanescente, a nudez que as águas pareciam revelar-lhe aos poucos. Seu olhar percorria todo o corpo dela, desfazendo os finos panos que a cobriam.

Logo quis consumar a liberdade definitiva, apoderar-se completamente do sobrenatural. Era um homem chegando ao divino, e o que quer que fosse essa deusa, chegara à humanidade sob a forma de uma mulher. Ungido, sob um céu embriagado de estrelas, ele subiu na fonte, colocou os pés dentro d'água.

Quando caiu em si, suas mãos estavam arrancando o vestido dela como se fossem olhos que esquadrinham tudo a seu alcance.

A lâmpada que nunca queima

Diante do imenso vazio de seu projeto ainda irrealizado, ele observava, como através de um espelho mágico, o rosto translúcido que também parecia encará-lo de volta, esperando dele a solução. Absolutamente semelhantes, as duas faces imóveis inquiriam uma a outra em silêncio, ansiando por uma orientação, um progresso; no entanto, nenhuma das duas conseguia fornecer à outra o caminho por onde seguir. Do lado de cá, ele teria que galgar por si mesmo os degraus da criação; do de lá, o rosto etéreo que o mirava não era nada além de um reflexo seu, tão desprovido de ideias e inspirações quanto ele se encontrava no momento. Sua própria imagem refletida no bulbo de acrílico da lâmpada vazia de luz.

Carol surgiu na porta e o chamou para dormir, interrompendo sua meditação.

— Já?! — ele respondeu, sem perceber quanto tempo passara ali.

— Cê viu que horas são?! — Ela apontou para o relógio na parede: passava da meia-noite. — Amanhã cê continua.

— Na verdade, eu acho que eu nem comecei ainda. Não saí do lugar.

— Oh, amor... mas cê vai conseguir, viu? Tem que ter paciência também... Você não falou que o Thomas Edison tentou mais de mil vezes antes de conseguir inventar a lâmpada? Então...

— É... Mas eu já tentei de tudo o que eu podia imaginar e não tô nem perto de conseguir. Às vezes, eu acho que minha ideia não existe, não, viu...

— E é por isso que cê tem que inventar ela! — ela o consolou, gracejando. — Vem... amanhã vai ser melhor, cê vai ver.

Foram para a cama. Provavelmente em virtude da menção da namorada, nessa noite ele teve um sonho com Thomas Edison, seu grande exemplo. Nele, Paulo foi transportado para o momento em que seu ídolo falecera. Sempre o fascinara a bela história sobre o dia da morte do inventor — quando, em sua homenagem, o país inteiro apagou as luzes para se despedir —, e ele estava se vendo como um dos cidadãos presentes na comovente manifestação. No entanto, mesmo apertando insistentemente o interruptor de sua sala — que no sonho era idêntica à atual —, a lâmpada não se apagava. Retirou-a do bocal e mesmo assim ela continuou acesa em sua mão. Perplexo com o objeto em seu poder, ele perdeu o equilíbrio e caiu de cima da escada, que, só então, se revelara sob seus pés. No momento de atingir o chão, acordou em sobressalto.

Era sábado, e o relógio digital marcava 4:33 ainda; entretanto, ele decidiu retornar imediatamente para sua pequena oficina domiciliar. O conceito surgido em sonho anunciava um caminho possível para o funcionamento de seu invento: a autonomia total. As informações previamente adquiridas com experimentações, cálculos e pesquisas se encontravam emaranhadas em seu cérebro, e esse último ingrediente onírico parecia ser justamente a linha certa, que, estirada, desmancharia todo o novelo. A partir desse diligente despertar na madrugada, ele passou quase todo o fim de semana trancado, envolvido em seu labor. Carol ainda tentou estimulá-lo algumas vezes a descansar um pouco, mas, ao vê-lo tão entusiasmado pela primeira vez em meses, compreendeu que a melhor maneira de lhe proporcionar paz seria conceder espaço para ele trabalhar obstinadamente. Apenas no domingo à noite ele deixou a oficina e adentrou no quarto, onde ela se encontrava lixando as unhas. A expressão em seu rosto, exasperada e enlevada ao mesmo tempo, parecia a de um esquizofrênico.

— Vem ver uma coisa — ele convidou, quase morbidamente. A garota, então, o seguiu até seu local de trabalho, onde sobre a mesa central repousava um bulbo iluminado, preso a uma base de madeira e alguns fios. Era ela: a lâmpada que nunca queima.

O êxito de seu invento dava continuidade a uma série de sucessos. Paulo sempre se destacara: tinha notas altas na escola, aprovação nas universidades mais concorridas, ingresso nos melhores estágios e, logo após sua recente formatura, emprego na maior multinacional do ramo. O ótimo desempenho escolar e profissional não fora conquistado totalmente à custa de sua esfera social: o relacionamento com Carol ia muito bem, sua coleção de amigos era bastante razoável e ele ainda tocava clarinete com certa destreza. A presente invenção, obviamente, alçaria sua notoriedade a outro nível: ele se tornaria um divisor de águas da humanidade; seu nome seria lembrado para sempre.

Dormiu tão profundamente nessa noite, levado pelo cansaço dos últimos dias, que acordou atrasado para o trabalho na segunda-feira. Desacostumado a imperfeições, apressou-se a arrumar tudo; ao contemplar sua criação funcionando, porém uma nova perspectiva das coisas restabeleceu sua paz de espírito: o que era um pequeno atraso matinal diante do grande avanço que anunciaria? Telefonou confiante para seu chefe: não poderia comparecer naquela manhã, mas gostaria de apresentá-lo a algo de suma importância à tarde. Marcaram uma reunião para logo após a volta do almoço — horário, para o superior, equivalente às 15h30. Paulo desligou o telefone, tomou um belo café da manhã com Carol e seguiu para o escritório de patentes, onde registrou seu invento. Saindo de lá, passou em uma loja de presentes, comprou a caixa mais bonita para acomodar sua lâmpada e almoçou em um restaurante. Chegou à empresa pouco antes do supervisor, que o chamou à sua sala parecendo bastante indisposto.

— E então, meu jovem, qual é a grande novidade? — o chefe iniciou a conversa ironicamente; pelo jeito, tinha mais interesse em seu atraso que no anunciado.

— Se o senhor me permite a falta de modéstia, eu acho que tenho aqui a maior invenção dos últimos tempos... — ele disse imponente, repetindo a fala ensaiada enquanto abria a caixa vermelha trazida consigo. — A lâmpada que nunca queima!

O superior lançou um olhar grave em sua direção.

— É de verdade...? — quis confirmar, infausto. O jovem engenheiro sustentou sua afirmação, explicando superficialmente o funcionamento do mecanismo: com apenas uma ignição de energia, ela era capaz de produzir mais luz do que as lâmpadas comuns, aproveitando parte de sua energia para se realimentar por meio de pequenos receptores e transdutores. Quase autossuficiente, ela prescindia do filamento interno e, inclusive, demandava uma quantia bem menor de eletricidade, comparada às outras. O impressionado ouvinte o parabenizou pela iniciativa e pediu que deixasse o projeto com ele, para encaminhamento ao presidente da companhia.

Paulo deixou a sala dividido: por um lado, esperava um pouco mais de entusiasmo do superior pela descoberta — tinha a sensação de que sua lâmpada fora recebida com surpresa, mas não exatamente por se tratar de um benefício espetacular —, por outro, conseguira que um projeto seu fosse entregue às mãos do presidente da firma, e isso não era pouco. A maioria dos funcionários, incluindo os mais antigos, nunca haviam nem mesmo visto o homem. Era preciso paciência, talvez — parecia sentir a presença de Carol confortando-o.

Ao se aproximar de sua mesa, no andar de baixo, Paulo ouviu os toques de seu ramal: era o supervisor, requisitando seu retorno à sala dele. Subiu as escadas correndo ansiosamente e, ao chegar, encontrou o chefe vestindo o paletó.

— Vem comigo — ele disse enquanto também passava a caminhar apressadamente.

— Aonde a gente tá indo?

— O presidente quer conversar com você.

O rapaz perdeu o passo, atingido pela surpresa; ficaria frente a frente com a lenda.

Os dois pegaram o elevador, rumo ao último andar. Durante o trajeto, o moço percebeu que nunca tinha ido àquele pavimento e também não conhecia ninguém que trabalhasse nele. Quando chegaram, descobriu o porquê: nesse piso havia apenas uma antessala, onde, de fuzis empunhados, dois seguranças semelhantes a soldados de elite guardavam outra porta metálica. Além deles, uma secretária, digna de protagonizar filmes de Hollywood, completava o inédito elenco de funcionários. De trás de sua mesa de vidro, ela pediu que aguardassem um momento. Alguns minutos depois, sem que o rapaz percebesse sinal externo, os guardas baixaram as armas, a porta metálica se abriu e a secretária os convidou a subir em um sincronismo perfeito, o que proporcionou àquele lugar um aspecto sobrenatural. Paulo se aproximou da porta recém-aberta — cujo interior revelara outro elevador —, cedendo espaço para a entrada do supervisor, mas ele não o acompanharia:

— Daqui em diante é só você, garoto.

A porta voltou a se fechar, separando os dois. No interior da cabine, o nervoso inventor estranhou a movimentação involuntária do aparato e a completa ausência de botões. Era o elevador privativo do presidente, cujo acesso só é permitido a outras pessoas — além de seus acompanhantes — em casos especiais. Seu itinerário tem apenas três paradas: a antessala da qual partira, por onde os convidados entram, a garagem presidencial — também um andar isolado, onde outros dois seguranças ficavam a postos —, e a própria sala do homem, em cujo interior Paulo acabava de aportar. O imenso cômodo, revestido por um fino carpete rubro e cercado por paredes de vidro fumê que permitiam avistar toda a cidade, proporcionava a sensação de se estar a quilômetros de distância da firma. Um senhor trajando um terno pérola se aproximou do visitante perplexo: era o presidente. Sua postura elegante, os olhos claros e os cabelos tingidos de loiro também lhe proporcionavam um aspecto cinematográfico. Ele cumprimentou o jovem com um aperto de mão cavalar e o convidou a se sentar com um sotaque bastante carregado.

Enquanto acrescentava mais uísque a seu copo, perguntou ao intimidado funcionário, sem se virar para ele:

— Péwlo, sabe porr que êu chémêi vowcê aquí?

— Eu acredito que foi em virtude da minha invenção, senhor — o rapaz respondeu, incerto se falar de maneira mais formal era a escolha mais adequada, dado o português sofrível do gringo.

— Corwéto! Vowcê pode... falarr mais?

— Eu criei um tipo de lâmpada, senhor, que nunca queima. Ela pode funcionar pra sempre...

— Prwa semprwe?!

— Sim, senhor. Não seria mais necessário que fosse trocada...

— Hmmm... — O presidente colocou uma das mãos sobre os lábios fechados, invocando uma reflexão. Após abrir um sorriso irônico, prosseguiu, provocando o jovem:

— E o que vowcê pensa disso?

— Acredito que seja uma revolução, senhor — concluiu, cheio de si; o presidente alargou ainda mais seu riso.

— Hmmm... vowcê usou uma palavrwa interwessante. Mas vowcê vê... Imagina se nós fabrwica essa lâmpéda que non prwecisa ser throwcada...

— Isso nos colocaria bem à frente da concorrência, não?

— Télvêz... por powco tempow. Mas o que querwo dizerr, Péwlo, é outrwa coisa... Quantow vowcê pensa custarr uma lâmpéda dessa?

— Essa é outra vantagem dela, senhor: o custo de produção é bem baixo; a gente poderia vendê-la quase pelo mesmo preço da comum!

— *Good Lord!* Vowcê querr me darr prwa falência?!

— Não, eu só pensei que...

— O cliente cowpra uma lâmpéda por uns throwcados e nunca mais cowpra outrwa?! Como vowcê acha que... que nós... — O presidente ficou mais agitado.

— A gente pode pensar, então, em um valor agregado — pela durabilidade — e vender mais caro.

— Sô se forr muito mais carow! Mas aí... quem comprwa?

— Ah... a classe alta poderia comprar.

— Ok... mas nós já perrde um grwande merrcadow, de clésse mêdia e baixa.

— Eles continuariam comprando das comuns... A gente continuaria vendendo pra eles; só os mais ricos comprariam da que nunca queima.

— E prwa que os rico querr uma lâmpéda que nunca queima?

— Ah... pra não precisar trocar...

— Mas rico non trwoca lâmpéda, Péwlo... eles tem empwregado prwa isso!

— Talvez pra não precisar ficar comprando sempre, então... gastando com isso. Já investem de uma vez só e pronto.

— Conprwarr sempwre também é o emprwegado que faz... Gastarr con isso non é uma prweocupaçon, é muito pouco *cash*. Vowcê vai cowbrwarr muito para darr pouco... comow se diz...? *Please* o cliente, sabe? Vowcê vai venderr o conceito de ele non se prwewcuparr com uma coisa que ele já non se prwewcupa!

— Mas...

— Além disso, Péwlo, rico non comprwa prwa non ter prweocupaçon. Rico conprwa prwa ter *status*, sabe?! O que mostrwa destak... ser superior! *Right?* Carro... manson... Vowcê acha que van gastarr con uma lâmpéda que fica prwesa no teto, dentrwo dum bowcal?! Prwa quê?!

— A gente poderia vender mais barato, então... só um pouco mais caro que a comum, assim a classe média pode comprar também.

— Non tem como chegarr a um valorr que cowpensa... Mas se tiverr... Como nós vendemos essa lâmpéda?

— Em que sentido, o senhor diz?

— Hábitow! Hábitow de consumow, Péwlo! Porr exemplow... onde vai venderr? — O presidente parecia se inflamar cada vez mais.

— Ah...

— As pessôwas comprwam lâmpéda no mercado, Péwlo; non querr gastarr um monte de dinheirow em comprwa de mercadow. Non quer pagarr conta de mil reais no caixa... ou colocarr uma lâmpéda super carow numa sacowla junto com pão!

— A gente poderia vender em lojas especializadas...

— E a pessôwa vai sairr de casa sô prwa cowprar lâmpéda? As pessôwas non gostam de mudanças, Péwlo; piorr quando é prwa conplicarr mais.

— Mas elas não fariam isso sempre...

— Non impôwrta! Vowcê... Veja: uma lâmpéda non é prwa serr... *a big deal*, entende? A obrwigaçon da lâmpéda é serr uma cóisa que vowcê nem pensa nêla, nem se prweocupa, entende?

— Mas se a pessoa compra uma que nunca queima, aí, sim, ela não vai precisar mais se preocupar...

— O prweocuparr do cliente é sô no mowmentow que ele comprwa. Ele prweferwe pagarr powco howje do que pagarr muito howje.

— Mas com uma boa estratégia de marketing, a gente pode convencer o cliente que...

— Pôwde, mas... — rebateu, desinteressado.

— Além do mais, minha lâmpada é ecológica, que é um negócio que tá na moda! Ela não consome quase nada de energia elétrica!

— *What the...!* Vowcê querr darr falência prwas compénias elétrwicas tambén?! Querr acabarr com tudow?!

— Eu não acho que eu acabaria com tudo, senhor...

— Ah, com cerrteza vowcê non acabarwia com tudow! — A expressão zangada do presidente pareceu dar a esta última frase um tom bastante ameaçador. Paulo sentiu que a conversa tomara um direcionamento oposto ao intencionado: tinha se tornado um embate entre ele e o superior, a quem apenas tentava oferecer uma bela oportunidade. O empresário, buscando convencer o subordinado a desistir de sua empreitada, concluiu a discussão com uma última forma de persuasão: a cordial. — Péwlo, vowcê parwece serr um bom garwoto; porr que vowcê non esquece essa lâmpéda e trwabalha norrmal? Faz o que mandan, ok? Vowcê pode subirr na emprwesa, mas tem que... *do it the right way*, cerrto?

O jovem foi então encaminhado ao elevador pelo presidente, que se despediu com uma piscada de olho e um aviso ambíguo:

— Ficarwei de olho em vowcê, hein?

Frustrado e perplexo, o jovem passou indiferente pela antessala surreal e desceu até seu andar. O supervisor passou por ele sem tecer nenhum comentário, apenas deixando sobre sua mesa os resultados para serem analisados, como se aquele fosse um dia qualquer. Como se um encontro com o presidente da empresa e uma lâmpada que nunca queima fossem assuntos corriqueiros, indignos de atenção. Paulo, por sua vez, atravessou a tarde inteira com os nervos à flor da pele, repassando na lembrança o diálogo fatídico. Quando os ponteiros do relógio finalmente se alinharam na vertical perfeita das seis horas, ele deu graças a Deus e correu para casa. Ao chegar, contou a Carol sobre o estranho revés na empresa e ela também se surpreendeu muito, mas incentivou-o a não desanimar, dizendo que às vezes as pessoas não enxergam o valor da oportunidade em suas mãos. Aconselhou-o também a mostrar o projeto para outras empresas, o que ele decidiu fazer logo no dia seguinte.

— Vai dar certo, amor — ela o consolou. — Você tem que acreditar em si mesmo, no seu sonho.

Após uma noite de insônia total, o jovem inventor aguardou apenas o início do horário comercial para entrar em contato com uma concorrente de sua firma. Ao se apresentar pelo telefone, conseguiu agendar uma visita para o mesmo dia — aliás, na mesma manhã. A rapidez da empresa em recebê-lo foi uma grande surpresa, ainda mais quando se viu encaminhado ao escritório do gerente regional logo ao chegar. Dentro da sala, um senhor simpático o acolheu com uma estranha camaradagem.

— Oi, Paulo, sente-se, por favor! É ela? — ele perguntou, apontando para o embrulho nas mãos do visitante.

— O senhor já...? — As surpresas continuavam acontecendo.

— Se eu já sei? Claro! Ou você acha que todo mundo que liga pra empresa vem direto pra minha sala?

— Eu estranhei um pouco isso...

— Posso dar uma olhada?

Paulo desembalou a lâmpada, que permanecia acesa. O gerente a observou por todos os ângulos; ao menos, parecia mais admirado com seu invento do que os próprios superiores.

— É... realmente é bastante interessante seu método. Não quero criar expectativas, o projeto não interessa pra empresa, mas...

— A minha firma entrou em contato com o senhor?

— Era tudo muito estranho.

— Então, na verdade, eu queria justamente receber você aqui porque...

— Olha, me desculpa, mas, se vocês não estão interessados no meu projeto, eu não estou interessado em ouvir; já recebi meu sermão sobre possibilidades de mercado.

— Fica tranquilo, eu não quero falar com você sobre mercado; não estou nem aí pra isso... Não sou o dono da empresa pra ficar preocupado com quanto entra no meu bolso ou não. Você pode só fechar a porta pra mim, por favor?

O rapaz atendeu o pedido e voltou-se para o interlocutor, que continuou, após uma inspiração profunda:

— Olha, garoto... eu não sei o quanto você conhece do sistema, mas acho que já deve ter percebido que não pode muita coisa contra ele, né?

— Como assim?

— Ah, você tá vendo... Todas as empresas que se dizem "concorrentes"... — ele gesticulou as aspas no ar — já sabem do seu projeto; a sua firma já imaginava que você ia procurar as outras. Quando eu fui informado, eu rezei pra você me procurar primeiro! Ainda bem que você veio aqui...

— Tão todos contra mim?!

— Eu não tô! É por isso que eu quero te dizer uma coisa muito importante: filho, desiste dessa ideia! Essa lâmpada nem é tão útil assim, se for ver, e você não vai conseguir... Ouve bem: você não vai passar por cima desses caras, entende? Essa lâmpada nunca vai chegar a lugar nenhum, você lutando por ela ou não.

— Mas eu não quero passar por cima de ninguém! O senhor tá querendo me sabotar?! Porque, se, lutando ou não, não faz diferença, eu prefiro lutar!

— Não, não estou te sabotando, calma! Estou tentando te proteger, na verdade. E lutar, ou não, não vai fazer diferença pra lâmpada, mas pra você... na sua vida, enfim... pode fazer muita diferença.

— Você acha que eles podem fazer alguma coisa comigo?

— Já estão fazendo. Avisar todos do ramo é o primeiro passo. Você patenteou sua lâmpada?

— Claro!

— Tem o número aí?

Paulo tirou da carteira o pequeno canhoto do registro; o gerente, pelo ramal, pediu à secretária que ligasse para o escritório de patentes. Ao receber a chamada de volta, passou o telefone para o rapaz, dizendo:

— Pergunta do seu registro.

Ao fazê-lo, o jovem recebeu a resposta de que ele não constava no sistema. Chocado, devolveu o aparelho para o gerente.

— Como... como você sabia disso?! Foi você que...

— Não! Mas eu já passei pelo que você está passando... eu sei como funciona. — O senhor pareceu consternar-se um pouco.

— Você também inventou alguma coisa?! — Paulo finalmente compreendeu o motivo de tanto coleguismo.

— Inventei... e também sofri os mesmos ataques que você. É por isso que eu estou te falando... A melhor coisa que você pode fazer é deixar esse projeto de lado... viver sua vida com tranquilidade, sabe?

— Mas o que mais eles podem fazer?!

— Muitas coisas! Coisas que eu passei e pelas quais você não precisa passar... Que eu não gostaria que ninguém passasse, ainda mais um jovem talentoso como você.

— Que tipo de coisas...?

O homem parecia não querer falar em termos precisos; tinha certa resistência em expor suas feridas de guerra, secretas até então. Movido por uma empatia velada, no entanto, finalmente revelou:

— Tá vendo essa marca de aliança no meu dedo? Eu *era* casado.

— Eles...?!

— Apagar uma patente é mais difícil que apagar uma pessoa, filho.

O rapaz desabou sobre a cadeira de couro.

— Não dá pra acreditar...

— Olha, eu sinto muito... muito mesmo. Acho que, pela primeira vez na vida eu posso dizer a alguém que eu sei como se sente. E eu aconselho muito que você, enquanto não sofreu nenhuma perda séria, desista dessa lâmpada e viva sua vida, feliz.

— Mas essa lâmpada é meu sonho... Quer dizer, era, né?! Tá virando um pesadelo...

— Ainda não inventaram nenhum remédio melhor pra sonhos e pesadelos do que acordar.

O rapaz pegou a lâmpada, que a seus olhos parecia menos acesa no momento, guardou-a de volta na caixa e deixou a sala, derrotado. Já na porta, o gerente ainda quis acrescentar uma última evidência, por via das dúvidas:

— Na hora que você sair daqui, repara que tem um carrão todo preto parado na rua; provavelmente, vai ter outro igual na frente da sua casa. Se quiser me ligar... deixa eu te dar meu cartão...

O rapaz agradeceu, parcialmente sedado pela alta dose de realidade aplicada, e se despediu. Após alguns passos no corredor, voltou o rosto para trás e encontrou seu protetor ainda parado, acompanhando-o com o olhar. Voltou até ele e perguntou, por curiosidade:

— O que você tinha inventado?

O simpático senhor abriu um sorriso terno e conformado, apontando para a caixa na mão dele:

— Uma lâmpada que nunca queima.

Paulo deixou a empresa atordoado e realmente se deparou com o carro preto parado na rua em frente. Foi direto para casa e, ao chegar, encontrou não apenas outro automóvel como aquele, mas dois deles. Ficaram estacionados ali todo o dia; os vidros escuros não permitiam discernir quantos ocupantes havia em seu interior, ou mesmo se havia algum. O jovem engenheiro ficou extremamente preocupado com Carol, que não atendera o celular a tarde inteira. Ela já deveria ter chegado!, pensava angustiadamente, ao cair da noite; seu corpo parecia tornar-se cada vez mais poroso por dentro, em uma espécie de luto antecipado.

Finalmente, ouviu a chave virando na fechadura e correu para a porta, que se abriu sob o comando da esperada garota. Ele a abraçou e beijou intensamente, sentindo um alívio ainda repleto de adrenalina. A namorada, assustada, perguntou se estava tudo bem e ele confirmou que sim; só estava preocupado porque ela não atendera o telefone o dia inteiro. A bateria do seu celular tinha acabado e ela esquecera o carregador em casa — explicou, antes de perguntar como havia sido a visita na empresa. Paulo recomendou que ela tomasse um banho primeiro, relaxasse um pouco, e depois ele contaria tudo.

Ela entrou no chuveiro e, enquanto se banhava, o namorado telefonou para o gerente com quem conversara naquela manhã.

— Oi, é o Paulo, que conversou com o senhor hoje.

— Oi, Paulo, tudo bem?

— Mais ou menos... Eu vi o carro preto na frente da sua firma aquela hora, e aqui em frente de casa tem dois parad... — Ele interrompeu sua fala, ao olhar pela janela, para observar a cena que descrevia. — Nossa, tem três agora!

— Você não é casado, é?

— Minha namorada mora comigo.

— Ela chegou depois de você?

— Chegou, agora há pouco.

— Então, esse terceiro carro é o que tava seguindo ela.

— Cacete! E você acha que...

— Com certeza.

O rapaz ficou em silêncio por um tempo, sentindo vontade de chorar. Do outro lado da linha, o senhor mais experiente compreendeu a quietude e tentou ajudá-lo.

— Olha, eu sei que eu não posso fazer essa escolha por você, e eu sei que é difícil. Quando eu passei por isso, não tive ninguém pra me orientar; a melhor coisa que eu posso fazer é... te dizer que... Se alguém tivesse me avisado como eu estou te avisando, sabe?!... Eu podia ser mais feliz hoje. Só fui entender quando já era tarde demais.

— Mas você não se arrepende de ter deixado seu sonho pra trás?

— Os sonhos sempre ficam pra trás, garoto. Desaparecem assim que você acorda. As únicas coisas que contam é o que você faz a partir daí.

— Mas você podia ter entrado pra História! Agora você é só mais um funcionário, com uma vida ordinária...

— Você não vai passar pelos dias da História após sua morte; você só vai passar pelos dias da sua vida, que, ordinária ou não, depende das suas escolhas. E, se você quer mesmo saber, minha vida não é ordinária, não, ela é bem pior do que isso. Uma vida ordinária é o que eu mais queria ter hoje.

— Não é muito pouco isso?

— Ter a mulher que eu amo ao meu lado?! Viver sem uns capangas me seguindo?! Não espere perder essas coisas, garoto, pra perceber que não é pouco, não.

— Mas a sua lâmpada podia ter feito diferença pro mundo inteiro... — Agora o silêncio veio do outro lado da linha.

— Sabe, garoto, a sua visita hoje me emocionou muito e me confirmou uma coisa: sempre existem outras lâmpadas que nunca queimam. A minha e a sua não vão fazer nenhuma grande diferença no mundo, mas... o mundo não vai cuidar da nossa vida também, nós é que vamos.

— Você acha que eu devo abandonar tudo, então?

— Acho que você tem que escolher o que vai abandonar.

— Ok, obrigado... — ele respondeu, resignado.

— Força, garoto. Me liga quando quiser. — O solitário senhor parecia querer dar início a uma improvável amizade.

Paulo desligou o telefone, refletiu por um instante e seguiu para sua oficina. Pegou a caixa onde estava sua criação e caminhou para fora de casa com ela nos braços. Ao atravessar o portão, de cada um dos três carros saíram dois homens de terno preto. Os seis gigantes tinham escutas no ouvido e mantinham uma das mãos escondida atrás das próprias costas. O jovem parou diante deles, no meio da rua, colocou o recipiente no chão e o abriu. Tirou de dentro dele a lâmpada que ainda não havia se apagado e voltou a ficar de pé, segurando-a. Estendeu os braços, como se fosse entregá-la àqueles homens em uma bandeja; então, virou a base que a sustentava de cabeça para baixo e a soltou. A lâmpada se espatifou completamente no asfalto escuro e duro. O jovem mirou sua escolta e disse:

— Vocês estão dispensados. — Virou as costas e entrou novamente em casa.

Carol, saindo do banho, exalava um perfume que, evaporado pela casa, parecia um bálsamo para o rapaz. Ele se aproximou dela e abraçou seu corpo nu, cuja pele semelhava a casca do mais aromático e macio dos frutos. Ela percebeu, pela energia investida em seu gesto, que o namorado lhe transmitia algo. Ao receber esse impulso, envolveu-o com mais força, realimentando um enlace indelével. O rapaz, então, mais do que entender, sentiu de forma profunda o que o colega inventor acabara de lhe explicar ao telefone: sempre existem outras lâmpadas que nunca queimam.

Este livro foi composto na tipografia
Warnock Pro, em corpo 12/15,8, e impresso em
papel off-white no Sistema Digital Instant Duplex
da Divisão Gráfica da Distribuidora Record.